冬雪

DONG XUE

孙业增 著

九州出版社
JIUZHOUPRESS

图书在版编目（CIP）数据

冬雪 / 孙业增著 . -- 北京：九州出版社，2023.5
ISBN 978-7-5225-1828-2

Ⅰ.①冬… Ⅱ.①孙… Ⅲ.①长篇小说—中国—当代
Ⅳ.①I247.5

中国国家版本馆 CIP 数据核字（2023）第 087531 号

冬雪

作　　者　孙业增　著
责任编辑　李创娇
出版发行　九州出版社
地　　址　北京市西城区阜外大街甲 35 号（100037）
发行电话　（010）68992190/3/5/6
网　　址　www.jiuzhoupress.com
印　　刷　唐山才智印刷有限公司
开　　本　710 毫米×1000 毫米　16 开
印　　张　14.5
字　　数　245 千字
版　　次　2023 年 5 月第 1 版
印　　次　2023 年 5 月第 1 次印刷
书　　号　ISBN 978-7-5225-1828-2
定　　价　68.00 元

前　言

　　"文革"浪潮的遗迹尚未完全消尽，改革开放就开始了。在新的形势下，人们的生活发生了巨大的变化。人们的思想和行为，也随着时代的变化而变化着。形形色色的人，向着同一个方向，走出了形形色色的路。旧的事物不断落伍，新的事物不断涌现。对于现在的人来说，回头看看改革开放初期出现的某些新鲜事物，也许会觉得可笑。但是，那是社会发展的阶段性的表现，无论是成功者，还是失败者，都是路上的人。摸着石头过河，一部分人的失败，为另一部分人的成功提供了经验。大海由一滴滴水珠聚集而成，无论对于成功者还是失败者，改革开放到今天所取得的辉煌成绩，都离不开他们所做出的贡献。

　　本故事里没有叱咤风云的英雄人物，也没有帝王将相、才子佳人。故事中说的都是些普通的人和事，是老百姓日常生活中的故事。在生活中，他们每天接触到的是柴米油盐，琐碎小事；他们感受到的是酸甜苦辣，五味杂陈。人们在生活中品味着苦中乐、乐中苦，感受到家家都有一本难念的经。在人生的道路上，人人都有自己的理想和期待，为实现自己的幸福目标规划着努力的方向和路径。故事虽然是虚拟的，但在日常生活中，也都可以找到的类似的人和事。所以，作者希望读者在看完作品后，不必去寻求故事的源头，也没

1

必要去寻找人物的原型。

　　故事以懒牛阿福的经历为主线铺陈展开，通过阿福、尤钢和秦志富三个人不同的经历和结局，向我们展示了人们追求幸福的心愿和努力，也使我们感受到创业的艰辛和生活的艰难。文学作品源于生活又高于生活，这就如石头经过雕琢后，就成了雕塑艺术品，同时具有了更多的艺术内涵。

●●●●● 目 录

一 阿福的愿望

冷雨冰风袭肤寒，雪花飘飞疑落钱。暖屋小酒话富贵，借问何处有金蟾？

深冬时节，东北大平原上，寒风呼啸，江河封流，皑皑白雪覆盖大地，所见之处一派萧索。路上的行人，穿着厚厚的御寒棉衣，迈着碎步急匆匆地赶路，脚下的积雪被踩得吱吱作响。

一贯湿润的江南，其冬季虽然没有关外酷寒，却也是冷风习习，落木萧萧；远处连绵起伏的群山，五彩斑斓；江河的流水，宁静清澈。在柔和而又冷峻的阳光下，绿树丛中，梅花与山茶花相继开放，飒爽而又俏丽。从北方吹来的冷空气飘浮在空中，是雾；散落到地上，是霜。冷空气过去，常常是小阳回春的天气，温暖的阳光重新普照大地，带来了春天般的感觉。花草复苏，麻雀和八哥成群地在田野的上空飞翔。早已过了时令的桂花，在阳光的温暖感召下，又焕发出新的生机，在枝叶间二度开出了新的花朵，当微风吹过时，飘来一缕幽香。

早晨，余之水牵着小狗在小区里散步，口袋里的手机突然响起，他拿出手机来看，是文慧从河阳市打来的电话。她说："阿福昨天晚上去世了！"文慧说阿福死得很遗憾，他想要回家，没有回成；他想要看看儿子，也没有看到，就这么委屈地离开了人世。

真的！这事是有点遗憾。

应该说是他这辈子的运气一直都不好，就连最后的这么两个心愿也没有达成。

余之水的心里也不是滋味，觉得阿福死得窝囊。本来他的儿子已经答应了要来看看他，可是还没等他儿子安排好行程，阿福就急急忙忙地死了。这使得他的儿子背了一个不孝的名声。

阿福做事，向来都是慢慢悠悠、拖拖拉拉的，唯有这一次，难得快了一次，却快得让人如此遗憾。他死的时候，身边没有亲人。他一辈子都没在人面前作过秀，这一回，他却动真格地表演了一场悲剧，还是一场"绝唱"——死了。

他的朋友秦志富和尤钢都说阿福死得不值，现在的日子越过越好了，干吗不再多活几年？这咋说呢？阿福，真是没有福！

阿福的观点和他们都不一样，他说："只要有酒喝，死了也心甘。"他喜欢喝酒。

大家都听得出来，阿福说的是一句玩笑话。可终究一语成谶，他因为喝酒丢了性命。

余之水接到文慧的电话，吃了一惊，他感到人的生命竟然如此脆弱，如同一缕青烟，风一吹过就不见了。余之水对于阿福的死，并不感到意外。人死是早晚的事，只是没有想到，阿福死得竟会这么快。然而，文慧说得也确实如此。阿福一直想着他的家和他的儿子，这一点，余之水多少还是知道一些。他对文慧说道："是的，他是一直想着要回家这件事。"

文慧噙着泪水接着说："我与他的亲人联系了，他儿子不接电话，他的前妻又不在家。后来，我们只好找到街道请求帮助，街道主任和金萍联系上了他前妻。她在渤海市，在儿子孝礼那里。但是，他们看到我的电话就是不接，他们是不想回来照管阿福。"

余之水听了文慧的话，安慰她说："他老婆和他离了婚，可以不管了。可他的儿子并没有与他脱离父子关系嘛，他儿子不应该这样做。你别伤心！街道主任和她联系，她怎么答复？"

文慧哭泣着回答道："他们答应了，同意都回来。很遗憾，真的很遗憾。阿福至死也没有回成家，也没有见到他的儿子。"阿福至死都在挂念着他的儿子，这是真心话。

那一天，文慧从街道回来，到了阿福那里，她就把在街道时与金萍的对话都告诉给了阿福，阿福听了很高兴。那几天，阿福的心就都悬在了回家的事上了。他住的房门一有动静，他就会艰难地扭过头去看看，希望来的人是他的儿子，盼望儿子过来看望他。然而，房门每响动一次，盼望就像榔头一样，在他的心头重重击打一次。

他渴望回家，他始终都渴望着回家。然而，病魔却将他的肉体死死地困在了床上，他只有用他的心，向往着家。河阳的冬季，阴云蔽日、寒风凄厉，阿福的幽灵挣脱了肉体的束缚，不惧刺骨的寒风，无牵无挂、飘飘悠悠、步履蹒跚地向家奔去。他，死了！

他死的时候，脸是朝着门的，他的一双眼紧紧地盯着门，他至死都期盼着回家！

十多年了，他想回家，都没有能回成，为什么没有回成家？个中情由可就扯得远啦。

二　初涉商海

要说阿福去做生意，其实，也就是找点对缝的业务做做，不用本钱。事情成功了，就能有点钱拿；不成功，也只是搭点时间而已，没有太大的损失。

那天一早，阿福的心情特别好，吃过早饭，他走到金萍身边跟她说："我要到市里去催债。上次做的那笔业务还有两千元欠款，讲好了今天去拿。"

金萍听阿福说去拿钱当然高兴。这几年，家里的生活，里里外外的花销都是靠阿福在外面赚钱回来，日子过得还很不错。这时的金萍，她把阿福看作是家里的顶梁柱。她说，想起谈对象那时候，她就是看中了阿福老实本分，能是个依靠。现在来看，自己还真是没有看错人。她走进里屋拿出五十元钱来递给阿福说："你走到外面手里不能没有钱，到了中午，买点合口味的饭菜吃吃，不要饿坏了身子。"

金萍这一番温情的话，说得阿福心里很暖和。他下意识地从金萍手里接过钱，突然想到自己是去拿钱的，他紧跟着就又把钱还给了金萍。他用手拍拍自己的衣服口袋，摆着大老爷们的派头，豪爽地说："我还有，够了。这钱你放着家里用。"

金萍听他这么说，满脸挂着笑容地答道："那好，待一会儿，我去菜场买点菜，你要早去早回来啊！儿子还等着交学费呐。"

阿福的儿子叫吴孝礼，现在在读中学，孩子聪慧听话，学习又用功，很让大人放心。阿福在外面奔走赚钱，金萍在家里相夫教子，一家三口和和美美的，日子过得温馨太平。

阿福来到车站等车。忽听到有人叫他："阿福！"阿福转过头来见是赵陆。赵陆个头不高，一双明亮的眼睛很有精神，说话时喜欢眨眼睛，聪明里面含着几分老成。

阿福对赵陆说道："哟，溜子！今天怎么溜达到这来了？"

溜子是赵陆的绰号，赵陆的爷爷在世时常说：修桥造路是为人做善事。赵陆的爸爸叫赵光，他觉得自己是无力完成老爷子的遗愿，就把希望寄托在了儿子的身上，他给儿子取名叫赵陆，取其谐音，也是希望他长大以后能够干一番大事业。这本是个好名字，上学以后，同学们发现"陆"也可以读作"六"，"六"和"溜"同音，后来就被同学们推衍出这样一个绰号来。赵陆直到现在还没有弄清什么是大事业，只在厂里当了一个采购员。

"还能干啥，给厂里跑腿呗！"赵陆自从当了厂里的采购员后，经常外出办事。其实工作比较自由，他也很喜欢这份工作。赵陆见阿福春风满面、神清气爽的样子，他说："听说你现在在外面干得不错，都发了大财了吧！"

阿福最不愿意听人家这么说，尤其不愿意听到在岗职工对下岗职工说这样的话。他对没有下岗的人心里气不过。他总以为在岗的人是瞧不起人。他觉得，你没下岗，你也没得好，你能比我强到哪里去？阿福听了赵陆的话，心里不舒服，他不冷不热地回应道："净瞎说，我们哪里能与你比呀，你每个月都有钱拿。可是谁给我们发钱?"

赵陆听阿福说出刺人的话,心里一愣。他知道自己说的话犯忌了。在那个时候的人普遍看不起私营企业单干户,有捧"铁饭碗"的心理优势。尽管在那时下海经商很赚钱,但人们还是用有色眼镜看待他们。赵陆这时说这话,阿福自然不爱听。赵陆为了弥补自己的口误,扭转这个不愉快的对话,他补充说道:"你别说,现在都是有本事的能人才下岗哩,像我们这样的人,下岗准得饿死。"赵陆赔着笑脸自嘲地说:"你看看,你的儿子就上得起私立学校,我儿子就只能在普通中学里读书。"

阿福下岗后跑跑生意,开始也赚了一些钱,看儿子在普通中学里功课跟不上去,就花钱转入私立中学就读。私立中学收费高,人们都称这种学校为"贵族学校"。

"那是你不愿意让你儿子去嘛。"阿福斜睬着眼睛瞅着赵陆。

"就我这点工资啊,也就够吃吃饭,哪里还供得起孩子去上贵族学校?"赵陆装着一副落魄相,两手向前一摊,他接着又问:"欸,你现在要干啥去?"赵陆觉得这个话题再说下去没啥意思了,想转个话题。

"去找饭吃嘛。欸,我说溜子啊!你在厂里是跑业务的,熟悉人多,能不能帮忙找点活干干?"阿福抓住话头寻找赚钱的机会。

"嘿,这话说得,我能帮上你,还能不帮嘛?"赵陆心里摸不着底,又跟着问了一句,"你现在能干点啥?"

阿福答道:"铆电焊。那就这么说吧,反正啥都能干,就看接到什么活了,到时候根据需要再找人呗。"

"让我想想,现成的活倒是没有。头两天,我到辽阳遇到这么个情况，不知道你能不能去挖出点活来……"两个人临上车时，赵陆给阿福写了地址，让阿福自己去联系。

"溜子啊，那就谢谢了，中午我请客！"阿福想谢谢赵陆的帮助。

赵陆摆摆手，说："算了，啥事啊？你请我吃饭。"

酒逢知己千杯少，话不投机半句多。两个人碰到一起，拌了一阵子嘴。不过，赵陆为阿福提供了一份有价值的业务信息，说话的气氛才算有些缓和。毕竟不是一路人，说不到一起去，下了公交车，两个人各干各的事，分开走了。

三　签合同留下祸根

几天以后，阿福去了一趟辽阳。

那天，他从辽阳回来吃过晚饭，孝礼放下筷子回到自己的房间去做功课，金萍将饭桌上的碗筷收拾到厨房去刷洗。阿福起身到厨房，拿了块抹布擦了擦饭桌，找来了纸和笔摊在桌上，又到孝礼的房里拿来了孝礼用的计算器。坐在桌子前，他又写又画又计算。金萍在厨房间，一边刷碗一边和他闲聊："孝礼这次期中考试，你猜怎么样，成绩很好。"

"那还用说了，你不看看那是谁的儿子。"阿福正忙得不亦乐乎，他有口无心地应和着金萍的话。

"你说这学校和学校，它还真的就不一样，孝礼到了这个学校，学习成绩就明显好起来了。"

"当然了，所以有钱就得花在刀刃上嘛。"

"你在干啥呢？我跟你说话，你怎么在拿话应付我！"

听了金萍刚才的这句话，阿福一愣，他向厨房的方向看了一眼，知道自己心不在焉回话被她发现了，他回答道："没呀！我听着呢。"顿了一下接着说："头几天，溜子给我介绍个业务，今天我去了一趟，回来我算算能赚多少。"

金萍听说有钱赚，来了兴头，她擦了擦手，从厨房走了出来，凑到桌边拿起阿福脸前的纸看了一眼，又放了回去问道："有多少钱好赚？"

"我报价八万，刚才我算了算，材料、人工成本大约四万，我们大约能赚个三四万。"

"溜子介绍的？能成吗？"

"差不多吧，我已经去过了，厂长姓熊，说明天答复我。"

"这个事，明天才能知道结果呢。我是说，咱们孝礼的功课，现在才开始好起来，要读到大学毕业，还得花多少钱呐！"

"多少钱也得花，只要他好好读。钱，我去想办法赚，赚钱可是咱老爷们的事。我去赚钱，你来管钱，他只管好好地读书。"

这是一个幸福和谐的家庭，夫妻两个人越说越高兴。人高兴了，就喜欢说些没边没沿的废话。他们说话说到很晚，两个人都感觉到累了，也可能是热乎劲儿发泄完了，他们才刹住车去睡觉。

那一天，阿福到辽阳联系业务，见到了厂长熊仁达。阿福走了以后，熊仁达就召集来各部门的负责人到他的办公室开会，研究修大门的事。供销科长冯玉龙说："这门早就应该修了，不然老是丢东西。前几天刚买来的两个轴承放到车间里，转个身就找不到了。你说说这门窗不严怎么行？"

生产科长陈永也赞成冯玉龙的观点，他也说了两句："这厂门不弄好，不仅对安保有影响，而且对劳动纪律也有影响。车间里干活的人，时不时地就找不着，跑到厂外面去了。另外，一个破厂门，对厂里的外观形象不是也有影响嘛！"

劳资科韩科长听了大家的发言，觉得很不是滋味，难道说招工有什么问题？他为自己的工作辩解道："现在招工也很难，都是流动人口，哪里的人都有，谁怎么样，也没有准确的依据，有没有前科也不知道。像工种技术这样的文凭，你就不能随便认为人家拿出来的是假的……"

熊仁达觉得韩科长的发言有点跑题，他说："老韩，你提的这个问题太大、太复杂。今天咱们开会讨论这个，一时半会儿也讨论不好。以后，我们找个机会专门来研究吧。今天，咱们抽出点时间来研究一下修厂大门的事，大家对这件事没有别的意见，咱们就这样定了。大家再看看，有没有别的事？没事就散会了。"

"散会！"

等到大家都走出办公室的门了，财务科的小卫起身走到熊仁达的桌边，悄声地对厂长说："咱们厂里的账上，现在没钱了。"

"货款都没回来吗？"

"到现在，这个月的货款，还没有一份回到账上。"

"这些人呐！也真是的。你欠我的，我欠他的，这个三角债，欠到什么时候才是个头啊。"熊仁达在工作中最感到头痛的，莫过于钱的事。

阿福接到熊仁达来的电话很高兴。第二天就去辽阳签了合同。

阿福不是真正搞业务出身的，也不是很懂如何圆满地做好业务。他签回来的合同漏洞很多，这些漏洞在以后讨债的时候就都表现出来了。

四　钱是生活的血脉

金萍看到阿福拿回来的合同，业务额确实是八万元钱，她对阿福的工作很满意。看到了八万元钱的业务，高兴得她从心里到脸上都乐开了花。

阿福见金萍高兴，他也高兴。他趁机缓缓地说："合同我现在是签回来了。现在，我手里没有钱作本金。我想和你商量一下，能不能从你手里先借四万元钱垫上，等结算了钱，连本带利一起还给你。"

金萍一听说是要从她手里拿钱，不乐意了，刚才还满面笑容的脸马上就变了颜色。她板着面孔，看着阿福愤愤地说："我又不是银行，哪里来的钱！他们厂里要东西，怎么就一点钱都不付啊？"在她看来，买东西就应该一手交钱一手交货。要定做，更应该先付些定金了。

阿福也认为金萍说得有道理，只是现在不兴这套。你要做，就自己先垫上。你不做，马上就会有别人来做。阿福看金萍不愿意出本钱，感到无奈。他低下了头，偷看了金萍一眼，放低了声音地回道："没钱买材料，怎么做啊？"

阿福怕老婆，一怕老婆烦，二怕老婆凶。老婆发起火来，阿福拿她一点办法都没有。现在，阿福看金萍不肯出钱，只是嘴上说她的道理，简直就像是唐僧给孙悟空念紧箍咒。金萍絮叨得阿福头痛，他想逃避，他一边说着，一边转身向外溜去。

金萍是个好强的人，她絮叨她的道理，只是想表达她的看法。她回到厨房，一边忙着手里的活计，嘴里一边继续地说着些没用的废话。等到她发现阿福已经溜走了时，她才感觉到自己的这些话全是废话。做生意嘛，不出本钱怎么行。无本不生利，这本钱不出，这笔生意也就做不成了。但让她往外掏钱，她实在不情愿。

她爱钱，她把钱看得比什么都重要。这是因为她有个儿子，她要养她的儿子，她有着望子成龙的心愿，要把她的儿子培养成为有用的人才，这是需要许多钱的。她不是为了别的，都是为了她的儿子，她需要攒许多钱。儿子去读书，要读到大学，还要买房子、讨媳妇。哪一样都得花钱，不是花一点钱，而是要花很多的钱。

需要攒多少钱才够用，她也不知道。她只知道钱和她的儿子一样不可缺，儿子是她的心头肉，钱也是她的心头肉。拿了她的钱，和割了她的肉一样痛啊。

五　劳动创业

秦志富跟着他爸爸秦大公办的门窗厂现在已经有点样子了，十几个工人在秦大公的调度下每天敲敲打打，厂里的生产看上去还很红火。

常言道："有心栽花花不开，无心插柳柳成荫。"秦大公办工厂，从当初到现在都颇有点意外。

秦志富中学毕业时，社会上不招工。秦大公夫妻俩看着孩子每天进进出出地没事干，担心他在社会上学坏了，两口子一商量，就让儿子顶替秦大公的职位，进了工厂。还是在秦大公原来的那个班组，干秦大公的那份工作。

秦大公原来在厂里，是个技术很好的钣金工，为了儿子的前途，他自己提前办理了退休。闲在家里没事干，感到闷了时，就到街上闲逛。有一天，他在街上闲逛，见到有一个空院子大门虚掩着。他好奇地走到门前，向里面张望了一阵子。门口的房间里有人住着，像是个看门的人。秦大公叩门走进去，和那个看门人闲聊起来。才知道这个院子是属于街道的，说不上原来是干什么的，已经闲置多年了。院子一进门左边有一排平房，四间屋，右边全是空地，面积约占整个院子的三分之二。秦大公看过了这个院子就把它装在心里放不下了。他回家后琢磨了好几天，心想，自己老是这么闲着也不是回事啊。如果能把那个地方租下来，重操旧业揽点活干干，这件事该有多好啊。

街道马副主任坐在办公室里，这几天，正为资金的事在发愁呢。上面领导部门要求街道自寻发展出路，原来给街道的各项拨款也在逐年减少，他正愁用什么办法来解决。

这时，有人突然敲门，马副主任抬头看了一下办公室的门，他心里想，这是谁，来找我什么事呢？他顺口应了一声："请进！"

秦大公轻轻地推开门，小心翼翼地走了进来，问道："您是马主任吧？"秦大公走进办公室，一边问询，一边从口袋里掏出香烟，走近马副主任的办公桌前，向马副主任送上一支香烟。

马副主任指着桌前的凳子，对秦大公说："请坐，你找我有事啊？"

"是这样……"秦大公把想租房子的事，一五一十地向马副主任诉说了一遍。

马副主任听过以后，觉得这是件好事，那个院子空在那里，也不会生出钱来，一年下来还要花不少钱找人看房子。如果租出去，这笔开支没有了，多少还能有点收入。不过，这样的事情以前没有办过，他不能自己做主，怕担责任，想到还是和另外几个领导商量一下再答复为好。马副主任问道："怎么称呼？"

"我姓秦，就叫我秦大公好了。"

"秦大公，这样吧！我们研究一下再答复你，你先回去等几天。"

几天后，秦大公和街道办理了租房手续，小铁工厂就开始干起来了。秦大公是个山东人，为人实在，技术又好，来找他干活的人还真不少。

六　业余时间帮助爸爸劳动引起的风波

秦志富顶职进了厂，看到自己的爸爸下了岗，他的心里很是过意不去，常常为自己没有读好书而自责。秦大公现在办了一个小铁工厂，秦志富看到爸爸有事干了，他也很高兴。他常常利用班前班后或节假日休息时间过来帮助爸爸干些活。日子长了，秦志富帮助爸爸秦大公干活的事也就传到了厂里。

有一天，车间王主任知道这件事后，和左书记说："秦志富这个人在走资本主义道路呢。他在外面，给私人老板打工。"

左书记说："明天我去找他谈谈。"

被左书记找去谈话后，秦志富一根筋，脑子一直转不过弯来，他觉得帮助自己的爸爸干活，怎么能是走资本主义道路呢？他就是想不通。

左书记看找他谈过话后并无效果，他很气恼。在一次车间大会上又做了不点名的批评。谈话和批评都没有改变秦志富的做法。左书记觉得这个小青年的思想真的出问题了，确实需要好好地帮助帮助他，再让他这样地发展下去，将要变"修"了。

左书记，姓左，人左，办法也左，他找来几个老师傅，要对秦志富"斗私批修"了。

这天一上班，学习组长老武就通知秦志富到车间办公室开会。秦志富跟着老武一起去了办公室。他一进门就看见房间里坐着的都是组里的人。已经在里面坐着的有生产组长老蒋、沈师傅、许师傅、吕师傅、陶师傅、谢师傅，加上书记有七八个人。

左书记首先发言："咱们今天找来几个师傅，和秦志富一起开个思想学习会，帮助秦志富同志提高思想认识。"

大家要来帮助秦志富转变思想，生产组长老蒋、沈师傅、许师傅、吕师傅、陶师傅、谢师傅和学习组长老武，大家挨个发言。秦志富坐在那里低着头，一声不吭。左书记看见他低着头，一声不响，以为他已经认识到了错误，很高兴。然而，他的高兴却没有维持几分钟。秦志富坐在那里睡着了，还打起了鼾声，让屋里参加大会的人都大吃一惊。惊得左书记愣愣地看了他好几秒才缓过神来，气得他一跺脚，推门走了。

秦志富的打鼾声弄得大家哭笑不得。学习组长很无奈，他上前摇了摇秦志富。秦志富被摇醒了，他猛地睁开眼睛，看到满屋子的人，一时记不起自己是在哪里、是在干什么。从睡梦中惊醒的他揉揉眼睛，昏头晕脑地问："什么事？"

大家看着他那副傻样子，苦笑着说："没事！"

学习组长看书记已经走了，他摇摇头对大家说："今天就到这里吧，散会！"

不久以后，厂里搞优化组合，就把秦志富给"优化"了。

秦志富被安排到厂劳动服务公司去上班的事，不久就传到了秦大公的耳朵里。秦大公感到奇耻大辱又气愤难耐，他连着骂了秦志富三天。秦志富的妈妈感到很无奈，只好暗暗地流泪。这事搞得秦志富夜难寝、饭难咽、家难回、人难见，他始终都没有搞清自己究竟做错了什么事。

七 生产班组的优化组合

阿福听说自己也被"优化"了，他感觉这种事真没劲。他早就预见到自己会被"优化"，他也知道自己为什么会被"优化"。他在厂里，有一个大家都认知的绰号，叫"懒牛阿福"。说起他的这个绰号，也是有点来历。阿福的父母老来得子很高兴，以为是得了个大福，于是给他取个小名叫"来福"。来福这一代在"文"字辈上，他们家里四个孩子，就取了"吉祥汇福"四个字为名。老大叫"文吉"，老二叫"文祥"，老三是个女孩，还是采用"汇"音，换了个"慧"字，带点女孩子气。来福的大名就叫作"文福"，大家都说这个名字最好，有福。阿福也确实有福，从小受父母宠爱娇生惯养，过着饭来张口，衣来伸手的日子，养出一身好逸恶劳的习气，家里的活从来不做，父母全包了。

阿福进厂以后，延续了从小养成的习惯。他每天必须掐着钟点去上班，不到钟点不到班组。班组里的人，每天轮流值班打水扫地，这样的事阿福从来没做过。轮到他值班的时候，基本上都是他的师傅代劳了。阿福的师傅姓章，是个南方人，待人和气。章师傅管吴文福叫"阿福"。大家觉得叫"阿福"听起来很亲切，比叫"来福"好听，"来福"听起来太土。后来，大家都随了章师傅，叫他"阿福"，只剩下他的父母还叫他"来福"。

　　阿福的师傅干活勤快不知疲倦，人们都说他像个老黄牛。阿福恰好与他师傅相反，作风懈怠。厂里最近要赶制一批出口产品，要求职工提前一个小时上班，推迟一个小时下班，加班加点地把这批产品赶出来。阿福却没把这件事放在心上，第二天，还是按照原来的钟点来上班，别人都已经干了一个小时工作了，他才进厂门。车间苏主任气坏了，把他叫到办公室，狠狠地批评了他一顿，说："你看看你的师傅，你再看看你自己，你为啥不向你师傅学学呢？大家都夸奖你的师傅，像个任劳任怨的老黄牛。可是，你呢？像个懒牛！"主任说他像个懒牛，这个说法一传开，"懒牛阿福"就成了他的绰号。他的绰号也确实得到了大家的认可，大家说这个绰号叫得很形象。

　　正是这个倒霉的绰号，让阿福摊上了"优化"的事，厂里名正言顺地把他送进了刚组建的劳动服务公司。

　　但是，一个月以后他就不这样认为了，他尝到了在劳动服务公司的甜头：工资不少发，工作没任务，轻松自由。阿福感觉到，这可真是坏事变好事。名声值几个钱，阿福有时也有点阿Q精神。

八　同是下岗人

有一天，阿福听说秦志富也被"优化"了，他心中有点疑惑：秦志富那小子干活挺卖力的，怎么也被踢下来了？一打听，还真有那么回事。晚上吃过饭，他想去看看秦志富，溜溜达达地向秦志富家走去。到了秦志富家的门口，就听到里面秦志富的爸爸正在骂秦志富。阿福立在门口听了一会儿，知道是为下岗的事，于是就敲门走了进去。秦志富的爸爸见有人进来，他停止了骂声，秦志富的妈妈擦了擦眼睛站了起来，秦志富坐着没动，转头见是阿福："来了，里面坐！"

阿福知道这时的秦志富心情肯定不会好。他走到秦志富身边，轻轻地拍了拍他的肩膀，挨着他的身边，坐在了一起。秦志富的爸爸先说了话："来福，让你见笑了，我刚才正在说秦志富，这孩子可真不争气。"

阿福接过话题说："我今天才听说，秦志富其实在厂里表现不错，大家对他印象都很好，不能怪秦志富。我听说秦志富是因为帮助家里干活，不知道被哪个马屁精汇报给领导了，说他这是走资本主义道路。"

"什么走资本主义道路？"秦志富的爸爸不解地反问道。

秦大公从阿福的话里知道了秦志富是个孝顺儿子，从此以后，下岗的事家里就不再说起了。秦志富仍旧在节假日或休息的时候去帮助爸爸干活。秦志富觉得阿福能在自己困难的时候过来看他，又给他解了围，够朋友。

九　创业起跑线

　　阿福常常到秦志富那里玩，感觉秦志富他们父子为人实在可靠。辽阳的这笔业务，他和金萍商量后，决定还是让他们来做。

　　在厂门口，秦大公正与一个朋友谈话，见一个人向院里走来，他向来人点点头："来了！"

　　"秦叔！秦志富在吗？"阿福问。

　　"在车间里。"秦大公说。

　　"那好，秦叔！我到车间里去看看。"阿福与秦大公打过招呼，就向厂里走去。

　　秦大公还在与刚才的那个人继续说着："他叫阿福，是秦志富的同学，这孩子仁义，是个好人。"

　　秦大公所说的车间，就是原来的那个院子，厚厚的水泥铺的地面看上去溜平，四周和棚顶是钢结构搭的架子，上面铺设的彩钢瓦干净整齐，在车间里面有一部行车，看上去大约有五六成新。行车下面，秦志富正带着几个人在安放一台摇臂钻。秦志富回过身来和阿福打招呼："来了！"

　　阿福看着摇臂钻回应道："嗬！买了一台新设备啊？"

　　秦志富答道："哪里是新设备？二手货。"

　　"这不是还很新嘛！"

"是的，比九成新还要强，基本就没怎么用过。"秦志富说。

"这么好的设备，怎么会当旧设备处理?"阿福不解地问。

"是厂子没钱，要倒闭了，尤钢帮的忙。刘师傅，这里的事你掌握一下。"秦志富对着正在干活的刘师傅说，转过头来又对阿福说:"走，我们到办公室里坐坐。"两个人并肩向办公室走去。

院子里原来的那一排房子，两间做了办公室，还有两间做了仓库，放一些五金工具、标准件之类的。秦大公送走了客人，先一步回到了办公室。从窗子里，他看到秦志富和阿福向办公室走来，他去找来两只茶杯摆在沙发前的桌上，等他们进来用。

"这台摇臂钻是尤钢帮的忙……"在路上，秦志富向阿福讲了买设备的经过:"尤钢替厂里到一家欠款单位里去催欠款。那家厂里冷冷清清，好像没开工。在办公室里，他见到了那家厂的厂长，厂长也是很清闲。尤钢说来贵厂催欠款，厂长说:'钱，厂里现在是没有了，要不你看厂里有什么东西，你能用得到，拿去抵债。'尤钢过来找我，让我过去看看，有没有我这里用得着的。就这样，我们买下了这台摇臂钻。"

秦大公说:"一千元钱，加一顿饭，买下了这台摇臂钻。"

阿福听了，觉得秦志富遇到了好机会，他说:"真便宜啊，你可以借这个机会多买几台嘛。"

秦大公说:"大侄啊!再便宜也得要钱啊，咱哪有那么多钱呐?"

秦志富向阿福解释说:"现在的情况不是很好，你也看到了，这几年厂里添置了一些东西，结果造成资金紧张。平时买材料的钱、师傅们每个月的工资钱，都是省不来的。我听说现在老厂里的情况也不好，俺爹的退休工资都快半年没发了，俺们现在是勒紧了腰带過日子啊。"秦志富说，为了省钱，他们家里每天吃的就是些青菜萝卜，都快半年没有吃过肉了。

秦大公虽然从老厂里出来多年了，但是他对老厂里的情况依然十分挂念，他说："我们这个砂粒大的小厂，就像一棵长在石头缝里的小草，有点土就能活。那些大厂就不容易了，上万号的人，一人喝一杯水，那就得多少钱呐！"

"秦叔，咱们不说那些了。上次我说的辽阳业务，现在落实了。今天我先拿来一万，等完事了，那两万再付给你，你看行吧！"

"行，行！那怎么不行。哎呀！你看，还是咱们大侄啊！我就说，来福这个名字就是好嘛。来了，就给我们带来好事，吉祥啊！"秦大公高兴地发着感慨。

秦志富说："大概半个月就能干完，到时候我再安排两个师傅，跟你一起去把它装起来。"

"行！那就这样吧。"

正是缺钱的时候，阿福拿来了钱，这让秦家父子非常高兴，挽留阿福吃了饭再走，阿福也不推辞。

秦志富陪着阿福来到附近的一家小饭馆，点了两个炒菜，要了一瓶二锅头，两个人坐下来慢慢地吃起来："嗨，这酒就是好东西。"阿福见有酒，就高兴起来了。他对秦志富说："是不是把尤钢也叫来？"

秦志富说："我昨天刚见过他，他说今天去广州，说不定现在已经走了。"

阿福说："这小子，怎么老去广州啊？"

秦志富说："他有他的事，咱管不了他那么多。"他又接着说，

"阿福，你帮了我不少忙，我得好好感谢你。来！咱们干了这杯酒。"秦志富借吃酒的机会表达了一下自己的谢意。

"干！"

"干！"

两个人杯来盏去，一会儿工夫，酒劲已熏得阿福脸如红枣，他僵硬着舌头说："秦志富，哥，哥们够——朋，朋友吧！"

秦志富也捋直了舌头回道："那——还用说！"

阿福带着一身的酒气，挂着一张红枣似的面孔，摇摇晃晃，步履蹒跚地向家走去。

十　掉进了三角债的火坑

半个月后，阿福找了一部汽车，带着两个师傅，拉着三扇刚做好的门去了辽阳。熊仁达见到阿福送门来安装，他很高兴。他一面安排人卸车，一面又叫人带阿福去安排住处。熊仁达握着阿福的手说："阿福，这几天的早晚饭，你们自己安排。午餐就在厂里吃吧，我已经叫人安排了。"

"谢谢！"阿福觉得熊仁达做事考虑得周到，这增加了他对熊仁达的好感。

阿福跟着两个师傅，给他们打打下手，工作做得很顺当，几天时间全部都做完了。阿福找到熊仁达，请他去看看，好做个验收。熊仁达看过后，拍拍阿福的肩膀说："不错，挺好的！这几天，你们辛苦了。今天晚上，这样安排吧，我请你们几个师傅吃顿饭。"阿福对熊仁达的邀请不好回绝，想在吃饭的时候顺便要要货款。

出厂门往右转有一家饭店，门口挂着饭店幌子，随风摇摆很招眼，门楣上挂着一块大牌匾，上面书写着四个大字"财旺酒家"。酒店是两层楼，下面是个大厅，在上面有几个包间，每个包间的门口都挂着一个小牌，上面书写着包间的名号。熊厂长带着他们几个人，来到"庐山厅"。推门进去，桌上菜已摆好，两瓶二锅头酒也摆在桌上。熊厂长招呼大家坐下，给每个人面前的酒杯里添上酒，阿福拿起酒杯来，放在鼻子底下，闻了闻说："好酒！酒这玩意可是个好东西。"

阿福喜欢酒，喜欢喝过酒后那种晕晕乎乎、如醉如仙的感觉。阿福这个人喝酒误事，酒一下肚人就晕了，早就把要货款的事丢在了一边。他只是"干！干！"地叫个不停，一会儿时间就醉在了饭桌上。后来，还是两个师傅挽扶着他回了旅馆。

第二天，他醒来时，天已大亮。他爬起床时，想起了货款的事。这时他心急了，急急忙忙穿上衣服，揉了揉眼睛，连颠带跑地向厂里奔去。等他赶到厂里，熊厂长早已出去办事了，说是要到中午时分才能回来，阿福无奈又返回了旅馆。

下午，阿福在厂长办公室见到了熊厂长。

"我们这里的条件不怎么样，不知道昨天你们有没有吃好啊？"熊厂长热心地问。

"啊，挺好，挺好！谢谢熊厂长热情款待！"阿福客气地回答，他接着说，"熊厂长，这边的这点活都干完了，我们今天准备回去了。你看看，我们现在把货款结了吧。"说完了，他看着熊厂长，等待着他回答。

熊厂长拿过来一杯茶水递给阿福。两个人坐了下来，他搓了搓手，欲言又止地停顿了一下，才张口说话："阿福啊，你可能不知道，外面的单位欠我们大约有三百万的应收款，我们派人去要了，到现在人都还没回来。什么时候回来，而且回来能不能拿回钱来，还都不一定。你们在这里等着也不是事。要不这样吧，财务那里还有一万块钱，是最近准备买材料的钱，你先拿去。等外面的欠款拿回来了，我再通知你过来拿。"

"那能不能再多给拿一点？"阿福对熊厂长的回答感到意外，他乞求地说。

熊厂长说："没有啦，钱早晚也是得给你，如果有，我还能不给你吗？其实，我也不愿意欠人家的钱。"熊厂长从烟盒里抽出一支香烟来递给阿福："你想想看，别人欠我三百万，如果都能要回来，你那点钱还不是小意思啊。现在钱在人家的手里，这三角债啊！真是害死人呐！"熊厂长的心里也是很不平衡，他叫着苦，还是吩咐财务给阿福办好了钱。阿福手里拿着一万块钱，无可奈何地和两个师傅离开了辽阳。

十一　催欠款

　　阿福去辽阳送货，金萍一个人待在家里寂寞无聊。她想了想，就去柜子里拿出一块布来摊在了床上，手里拿着一把竹尺在布上比画着，正在琢磨着这块布是给儿子做呢，还是给阿福做？她想起了阿福这次从辽阳带回来八万块钱，就停下了手里的活计，又走向大柜橱，翻出了放钱的盒，趁阿福不在家，数数现在攒了多少钱。她拿出一张张存单，计算着数字，计算着今后的生活，幻想着将来的美景。

　　儿子孝礼从普通中学转到育才私立中学后，学习成绩有了很大进步，这增强了孝礼考取大学的信心。他每天都是在自己的房间里专心做功课，全然不管家里的事。

　　金萍面对着床上放着的一块新布片，还没有想好怎么做，阿福已经回到了家里。阿福从包里拿出钱交给金萍。"多少？"金萍一看那分量就知道不够，她疑惑地问。

　　"先拿回来一万，剩下的过几天再去拿。"阿福向金萍解释道。

　　金萍一听就急了起来。以前从来没有见过这样的事。以女人所特有的直觉，她感觉到熊厂长这里面可能有圈套。说是这笔生意能赚八万，现在拿回来的钱才是一万，连本钱都没有拿回来，这不是亏了吗？钱是家里的生活和孩子读书的基本保证，它关系到孩子的前途，她怎么能不急？她知道阿福是个老实人，她又担心他被别人欺负，那笔钱拿不回来。她倒了一杯茶，递给阿福，她说："阿福，你想想看，他摆的这个谱会不会是个圈套。他会不会是在骗你呢？他说过几天去拿，我看过几天你也拿不到。这种事夜长梦多。如果时间长了就更不好办了，我看你还是赶紧再去，就是盯牢他要钱，才能把钱要回来。"

金萍和阿福说熊厂长付钱的事，帮助他分析情况，她劝说阿福赶紧再回去要钱。她说："毛主席都说了，'抓而不紧，等于不抓'。"阿福被金萍这么一说，心里也没有底了。他觉得金萍说得挺有道理，他回答道："你说得对！我马上就再去要！"阿福在家里住了几天，把眼前必办的事办好了，就又去了辽阳。

阿福是个实在人，讲诚信守信誉。第二天，他取出自己积蓄的私房钱，到"幸福门业"把两万元做门的钱交给了秦志富。然而，他没有把辽阳欠钱的事向秦志富讲，他觉得这是自己的事，与秦志富不相干。

熊仁达见阿福回去没几天，就又返回来了，知道是为了钱的事。他递给阿福一支香烟，招呼阿福坐下，又吩咐人给阿福倒茶，他热情地问道："在家里待了几天啊？"

阿福看熊厂长明知故问，知道熊厂长已经明白了他来的意思。他担心自己先提出来要钱，会让自己陷入被动，他想先看看熊厂长的意思再说。

熊厂长也明白阿福是来要钱的，现在自己手里没有钱，还是闭口不谈钱的事好："阿福啊，正好今天有两个关里来的客人，晚上我们一起去，你也帮忙招待一下。"熊厂长对阿福客气地说。阿福从自己的衣服口袋里，掏出一包香烟来，抽出一支递给了熊厂长："烟我有，我这里还烧着呐。"熊厂长一边接过阿福递过来的香烟，一边客气地回应道。

"我去不太合适吧！"阿福不明白，自己去这种场合算个啥。

"怎么不合适，朋友嘛。你住下没有？"熊厂长问道。

"还没呢，刚下车。"阿福如实地说。

"那你先找个地方住下来，找好了旅馆再过来。"熊厂长实实在在地与阿福说。

熊厂长招待客人的特约店就是财旺酒家，吃完饭记个账就行了，每个月会和财务结账。阿福跟着熊厂长，陪着两个从关里来的客人进了财旺酒家楼上的包间里。"服务员，拿菜单来！"熊厂长叫着服务员，又客气地招呼着客人，"来，看看你们喜欢吃啥，你们南方人没吃过我们东北菜，尝尝我们的东北菜，不知道是不是合乎你们关里人的口味？"

"咱们东北菜讲究的是煎、炸、炒、溜、炖，口味偏重些。你们口味轻。"阿福是陪客，不能干坐着，他也得帮助熊厂长说上两句。

"东北菜，我们已经吃过了。"其中一个客人说，"我们感觉东北菜，追求的就是一个字——香！"

"你这个评价，还真有点靠谱。你们那里是吃甜的吧？"熊厂长套近乎地说。

"无锡、苏州一带吃甜的，我们苏北一带不是，好像也和你们的口味差不多。"

"大家坐，大家坐。吃完了饭，我们去卡拉 OK 唱歌。"熊厂长看大家站在那里，只顾说话了，他急忙用手示意，让客人们入席坐下。

桌上放了两瓶二锅头，阿福拿起一瓶，一边给客人面前的杯子里倒酒，一边说："酒这玩意可是个好东西。小说里的武松，喝饱了酒，活活就把一只老虎打死了。"

"有道理。"客人应道。

"欸！我给各位朋友，讲一个现代版的武松打虎。"阿福说到这里，停了下来，他看看大家的反应如何，如果不愿意听，他就不讲了。

年轻人好奇心重，见阿福说到这里停下了，就追问道："后来怎么说？"

阿福见有人要听，他清了一下嗓子说道："有三个年轻人，晚上去吃夜宵。喝饱了酒以后，其中的一个年轻人说：'我们去到路边打劫。'另外两个年轻人马上响应，一齐说：'好。'三个人起身，各操了一把刀拦在路边。这时候，正好有一辆小汽车，亮着大灯开了过来，三个人兴冲冲地跑到路中间，向前挥舞着手中的刀，高声喊道：'站住！拿钱来！'司机蛮听话，见有人拦路，它就停了下来。这时候精彩的一幕出现了，小汽车的四个门同时打开，冲出四个人来，说时迟那时快，三个拿刀的小醉鬼，还没弄清怎么回事，就已经被拿翻在地了。三个小酒鬼，在人家手下拼命挣扎，扭身抬头看，是谁身手这么好。这一看不打紧，酒也被吓醒了一半。原来在他们眼前的，是四个戴大盖帽的警察，再去看汽车，原来刚才他们拦截的是巡逻的警车。"

"嗬！还有这种事，这可真是'嗑瓜子嗑出个臭虫来——什么人（仁）都有'啊！"年轻的那位客人听了以后，感到新奇又疑惑，他觉得人总不能傻到这步田地，怎么会去抢警察的车。

"你看看，你不信是不是？"阿福说，"我也觉得奇怪！"

"那些人是喝酒喝糊涂了。"一个上了年纪关里客人说。

熊厂长先用眼睛看了看大家，然后慢条斯理地发表了自己的看法："我觉得他们三个人，第一，酒吃多了，头脑糊涂了，干什么不好，干吗去干抢劫的事呀，真是找死！第二，肯定当时路上太黑，汽车开着大灯。你们可能不知道，汽车的大灯对你一照，你根本就看不清来的是什么车……"人家熊厂长不愧是做领导的，说起话来有条有理。大家听了觉得他说得有道理，表示佩服。要说佩服，那就得表示一下。大家纷纷地站起来，拿起酒杯对着熊厂长叫道："熊厂长，干杯，干杯！"

熊厂长也高兴啊，他忙不迭地应道："干，干！"

"吃！"

"吃菜！"

大家说说笑笑，时间过得也很快。关里的客人是出来办事的，不敢多喝酒，一瓶酒四个人喝，还没喝光，饭局就算结束了。

熊厂长今天特别高兴，非得要拉大家去唱卡拉OK。熊厂长对着两位关里的客人说："这玩意，咱们东北不如你们南方好。去年，我在广州看到的卡拉OK里的小姐，漂亮！用他们广东话讲就是'靓'！"

他们走出饭店，看到距离饭店不远处，有一家卡拉OK厅。他们在服务生的带领下，来到一间包厢。一进门可以看到：靠门的一边有一台彩色电视机，电视机的两侧有两个音箱，两只话筒扯着长线，拉到了对面。对面顺着墙，是按照房间的尺寸，定制的长板靠椅，椅子前有一张长方桌，桌上放着干果糖茶和几本歌曲目录。要点唱的歌曲就填写在单子上，交给服务生拿到后台去放。

服务生端着盘子进来，来到茶几旁，放上了一壶茶水、四个杯子、一盘瓜子、一盘糖块，又问道："要不要小姐陪唱？"

熊厂长扬着头地高声说道："要！"

"要几个？"服务生继续问。

要几个？这个事，熊厂长心里没有准备，他犹豫了一下，我们来了四个人，一个人一个？不合适，那算啥意思。就叫两个来吧，主要还是陪着两个客人玩玩。"两个！"熊厂长还是高声地说道，他觉得唱歌的地方，不高声不行，显不出嗓子的功能。

服务生拎着空盘子走了。过了一会儿时间，两个小姐夹着歌曲本子走了进来："四位大哥好！我们两个小妹为四位大哥服务。我叫方英，她叫李娜。请点歌！"方英说完，李娜接着说："你们先翻着曲目选歌，我们先给四位大哥唱一首《天仙配》，哪位大哥能出来配合一下？"

李娜长了个中等身材，不胖不瘦，面容却很普通，只是有个好嗓子。听她说话不觉得如何，唱起歌来确实好听，她属于那种"唱得比说得好"的那一类人。

方英比李娜略微矮一点，也略微胖一点，她与李娜刚好相反，属于"说得比唱得好"的那种人。方英乐观，喜欢说笑，特爱和客人斗贫嘴玩，有她在的场面都会热闹。

"来，年轻人先来！"熊厂长将麦克让给客人。

现在的年轻人活跃，唱歌跳舞不在话下。二人合唱，博得了大家的一片掌声："好！"

方英说："我们李娜唱歌唱得最好，再让她给你们唱一个，好不好？"

"好！"

李娜答应得爽快，说唱就唱。唱歌要有天赋，不是什么人都能唱得好的。李娜就是父母给了她一副好嗓子，唱出来的歌就是好听。她为人也很随和，大家叫她唱她就唱，也不故作姿态拿架子。她唱，方英也唱。大家轮着唱了几首。

熊厂长看大家唱了一些时间了，他心想不能老唱歌呀，得想法换换花样。他拍拍手，对大家说："唱歌的事，先歇一会儿。我给大家讲个故事，这是个谜语故事，你们猜一猜故事当中的这个人是干什么的。"

他停顿了一下，拿起茶杯喝了口水，用眼睛看了大家一圈，接着说："说是有个年轻人，穿得西装革履地来到一家饭店吃饭，服务小姐拿来菜单让他点菜：'老板，请点菜。'年轻人说：'我不是老板。'小姐说：'那你是干啥的？'年轻人说：'我告诉你几个情况，你根据条件猜猜我是干什么的。'小姐说：'那就试试看呗。'年轻人说：'我每天都有收入，是多是少不一定；每天都可以上班，白天夜里不一定；什么地方都可以工作，室内室外不一定；工作效果不好说，有人恨有人爱。你猜猜看，可以举出十个工作来，我的工作在这十个以内，就算你猜对了。猜对了，我付你双份的饭钱'。这个小姐说了十个工作，果然都没猜对。饭店老板见他们两人说得很热闹，走了过来，一问知道是这么回事，就向后退了两步，仔细看了看这个年轻人，走过来说：'我只说五个，对，你就点一下头；不对，这顿饭我请客。'随后饭店老板说了五个工作，年轻人点了点头。你们猜猜看这个年轻人是干什么的?"

大家你看看我,我看看你,谁也没说话。方英是个机灵丫头,看大家不说话,她沉不住气先发言了。她含着笑脸,开着玩笑地说:"你尽瞎掰,这算啥故事?都是你自己瞎编的。"

"什么话啊,瞎掰?你掰一个我看看。"熊厂长以为自己讲的故事挺有水平了,被方英说成了"瞎掰",他反扑过来说道。

方英不服气地说:"我说一个你也猜不出来。"

大家说:"那你说说看嘛!"

方英说:"有情无性,无情有性,有情有性,无情无性。猜四个女人。"

李娜只看着方英与他们斗贫嘴,自己抿着嘴笑,却不参与。

阿福自作聪明地说:"我猜第一个是对象,第二个是偷情,第三个是老婆,最后是离婚了。"

大家听了只是哄堂大笑,不说对否。

方英说:"不对。"

阿福看自己的答案被方英给否定了,觉得没趣,说道:"这玩意儿太费劲,我们还是唱歌吧。"

今晚两位关里的客人吃得开心,玩得高兴。第二天,合同痛快地签好,人就走了。

阿福根据昨天的情况,知道熊厂长今天上午肯定会很忙。上午,他没有到厂里去。到了中午,他自己找个地方吃饭。在饭店里,恰巧碰到了李娜,她准备吃了饭后去上班,她惊疑地说:"吴师傅,你怎么也在熊厂长的厂里上班?"

阿福认识她,他回道:"你不是那个唱歌的李娜吗?"

李娜说："是啊。"

阿福说："我是到这里来讨债的。"

李娜听他这么说，她说道："讨债这个活可不好做，要到了吗？"

"没有。"

"现在的这个世道，千万不能让别人欠了你的钱，欠了就难要回来。来了好几天了吧？"

"有几天了。"

"这里的旅馆费很贵。时间长了，还是租间农民房合算。一间房一个月一百块。"

"好办吗？"

"好办，我就租在那边。"李娜用手往那边一指。

熊厂长刚送走客人回到办公室，阿福推门跟了进来，拿出一支香烟递给熊厂长："怎么样？"

熊厂长接过香烟："签了。"

"那就好哦，花了不少钱吧？"阿福关心地说。

熊厂长皱着眉头叫苦地说："光是那顿饭就花了五百多，你说说，哪都少不了钱呐！现在我缺的就是钱。"

阿福借着这个话题继续说："那么，熊厂长怎么也得想办法给我们整点啊。"

熊厂长一高兴，就忘了阿福是来讨债的。他好像是突然想起了什么，觉得自己好像是走进了阿福的圈套。他也不再回避，爽快地说："整点，我去想想办法。"

阿福看熊厂长回答得如此爽快，心想这次可能会把钱全拿到了，熊厂长从座椅上站起来，对阿福说："你跟我一起来。"

阿福跟熊厂长来到财务室："葛会计，你看看我们还有多少钱？"

葛会计抬头看是厂长，她站起来回答道："老板，昨天的六千元，你拿去了一千，到现在还没有新的进账。"

"全拿出来吧，吴老板来了好几天了，住在旅馆里花销也很大。"熊厂长嘴巴对着葛会计说话，眼睛却看着阿福，心里打着自己的算盘。

葛会计低声对熊厂长说："那么这个月职工报销医药费的钱怎么安排？"

熊厂长说："冯科长这几天该回来了，或许会带点钱回来。"

葛会计说："他出去可是有些日子了。"

熊厂长说："是啊，现在要钱最难了。"

阿福站在门前，听到他们俩的对话，心里凉了半截。只有五千元钱拿回去，金萍她能接受吗？这可怎么办？

葛会计从保险柜里拿出钱来，交给了熊厂长。熊厂长走到阿福身边说："吴老板，实在难为情。所有的钱都在这里。厂里派去讨债的人还没回来，这点钱不多，你先拿着回去，住在旅馆里花费很大，我可是为你着想。等有钱了，一定会给你的。"

阿福伸手接过钱。他看熊厂长，说话办事都挺在理，就是没有钱，真的也叫他感到无可奈何，他叹口气，摇了摇头，转身走了。

十二　第二次讨债

金萍见阿福这次从辽阳只带回来五千元钱。她觉得事实验证了自己的猜想，熊厂长搞的就是圈套。阿福不赞同金萍的说法，他说："我在现场亲眼看到的，他们现在确实没钱。"

金萍说道："阿福啊！他们是在给你演戏，你怎么就看不出来！"看着阿福的那副熊样真是气不打一处来，她发火了，说："我让你盯牢他，你不相信。又被他忽悠了吧？明天，你还得去，拿不回钱来，就别回家！"他们为此又发生了争执。

阿福看到金萍真的火了，他服软了。阿福无力地坐在床边上，垂头丧气，不再回话，任由她去说。

阿福去了一趟辽阳没有拿到钱，心里也感到很窝火。回来又被金萍说了一顿，让他火上浇油，激发了他的倔脾气。他一赌气，晚上饭也没吃，脸也没洗，和衣往床上一倒，去睡了。

金萍知道阿福为人老实，办事又懒怠，如果不用重话去激他，让他抓紧去办，他准会再拖下。如果那样的话，那笔钱就准拿不回来了。

第二天一大早，阿福起来，找了一个旅行袋，把平时要换洗的衣服塞到旅行袋里。开门离开了家，又去讨债。

十三　为了生活寻找新的出路

　　阿福出走，已经有十几天了，没有消息。金萍也很烦恼，他去了辽阳，钱要不回来。家里没有别的经济收入，如此日久，那还不坐吃山空！金萍开始担心，今后娘俩的日子该怎么过？

　　有一天，她去街上，见市场门口有个女裁缝在摆摊做衣服。她走过去搭话问道："做件上衣要多少钱呐？"

　　"大人的裁一件五块，连裁带做十五元。做衬衫十块。"女裁缝流利地回答。

　　"你这样摆摊做，一天能做几件啊？"金萍继续问。

　　女裁缝用眼睛斜睨了她一下，没有马上回答，过了一会儿，她似乎很不高兴地说："也没多少，总得够用才行。"当然，这是商业秘密，女裁缝不愿意告诉她。

　　金萍回到家里想了两天，觉得做衣服这件事情可以试试。她找了一些纸来写布告，贴在车站、路口和商场菜场的门口。做衣服的生意就这样做起来了，做得也很顺利，没有遇到什么麻烦。

　　有一天，金萍的同学——常秀媛来找她裁件衣服，两个人坐下来聊天："你有没有听说，你们家住的小平房这一带要拆迁了。"

　　听了常秀媛的话，金萍疑惑地问："你是从哪儿得来的消息？"

　　常秀媛答道："听房管科的王科长说的。"

金萍又接着问："王二麻子呀，他说得准吗？"

常秀媛回答道："你不相信？那你明天到房管科去问问看。具体情况我也不清楚。"

听了常秀媛的话，金萍心里着急了。如果这是真事，以后住到哪里去？不行，明天真得去房管科问问情况。

第二天，金萍收拾了一下头脸，找了套清爽点的衣服，打扮好了就去了厂房管科。

王广林那天坐在办公室里，正低着头写一份报告，听到有人敲门头也没抬地应道："进来！"

"王科长！"王广林听到是个女人的声音，抬起头来向来人看了一眼，霎时间，眼前这个女人的美貌让他一下子看呆了。只见她瓜子脸白里透红，杏核眼晶晶传神；唇红齿白，鼻似悬胆；匀称的身材，中等个儿。

金萍见王广林色眯眯的眼睛盯着她看，心中生出几分对他的讨厌。"你是王科长？"金萍进了办公室后，见王广林望着她出神，她像叫魂似的又问他道。

王广林似乎被突然惊醒，一边放下手中的笔，一边用手示意，语无伦次地说道："请——坐，我是王广林，找我有事？"王广林说完话后，感觉自己刚才有点失态，他伸手拿起茶杯，喝了一口水，镇定一下心神，重新抬起头来，看了一眼金萍说："坐下慢慢说，什么事？"

金萍在靠墙边的一条凳子上坐下，问道："听人家说小平房一带要拆迁，这是真的吗？"

王广林答道："是真的，但是具体的做法还没定下来。"

听了王广林的话，金萍的心里越发乱七八糟的，不知如何是好了。

自从金萍来过王广林的办公室，他的心就被搅乱了，无论做什么事，金萍的影子总会出现在他的眼前，他已经定不住神了。

这一天，他想借到小平房一带去检查工作，看看金萍是否住在那里。

无巧不成书，金萍正在送一个来做衣服的妇女到门口，恰巧王广林也走到门口，王广林主动搭话："哦！你住在这里？"

"哎哟！王科长，你怎么到这儿来了？"金萍嗲声嗲气惊疑地问。

王广林回答道："你看不是这一带要拆迁了吗，我今天过来看看。"

一提到拆迁，金萍好像就有许多话要说："王科长，要不到我屋里坐坐？"

"好，好！"王广林今天就是为了看金萍来的。现在，她让他进屋正中了他的下怀，他也不谦让，跟着金萍的脚后跟进了屋里。金萍叫王广林进来坐坐，是想要从他的嘴里知道一些有关拆迁的事。

金萍倒了一杯茶水，放在了王广林的面前。王广林看着金萍正在做的衣服说道："你的裁缝技术很不错啊，你原来是哪个车间的？"

金萍解释道："我啊，是在街道服装厂上班。"

"服装厂好像已经停产了吧？"王广林反问道。

"早就停了。现在我们是没人管了，都是自己在找饭吃。"金萍顿感委屈地说道。

"你男人在哪个车间？"王广林接着问道。

"他原来在钣焊车间，现在在厂劳动服务公司。"金萍也不掩饰地实话实说。

王广林听了，知道他们一个是下岗，另一个在厂服务公司，这和下岗也差不了多少。他用同情的口吻感叹道："哎呀，这样看来，你们的日子过得有点难啊！"

王广林的话触到了金萍的痛处，她两眼泪汪汪地说："就是啊，如果房了再拆迁，你看我们的日子可怎么过啊！我都担心死了。"

王广林解释道："拆迁有赔偿的，这次有两个选择，可以原拆原建要房子，那得等；也可以货币分房，拿了钱再去买别的房子。"

"能赔多少钱呐？"金萍问道。

"我觉得你还是拿了钱去买房合算。"王广林没有直接回答她的问话，只是用为她打算的话来表示自己的好意。

金萍觉得王广林是个有用的人，想把他抓在手里。于是，在给他加水时走到他身边说道："王科长，就到中午了，你就在这里吃个便饭吧，没别人，孩子中午不回来，在学校吃。他在外面办事也回不来。饭菜都是现成的。"金萍不等王广林回话，就放下水壶到厨房间去准备饭菜。

王广林看金萍执意要留他吃饭，他也有心在这里多待一些时间，也就客随主便留了下来。他喝了两口茶水，站起来走到厨房门口，向里面张望了一下说："我去买点菜来。"

金萍回头赶紧说："王科长！咱这有……"

还没等金萍把话说完，王广林早已迈出了房门。过了大约一个钟头的样子，王广林到熟食店转了一圈，捧了一大捧熟食进屋。摊在桌上来看，是一只烧鸡、两斤粉肠、两斤油炸丸子还有一瓶白酒。

金萍见了，嘴上客气了一番，心里着实高兴。金萍将碗筷摆在了桌上，又放了两只酒杯说："咱家来福不在家，我就替他来招待客人了。来，把酒满上！王科长，你来了，可就别客气啦！"

王广林应道："不客气，不客气，来了就不客气。你也满上。"

王广林看着金萍酒杯里的酒倒满了，他站起来，自己先端起酒杯来说："弟妹，今天你可真客气，我先自罚一杯对弟妹表示一下。"说完一仰头，一杯酒，一滴不剩地全都倒进了嘴里，把杯子口向金萍一亮，然后放在了桌上。用手背抹了一下嘴边的酒，然后才坐下。

金萍笑眯眯地看着他把酒干了，又赶紧拿起酒壶给他满上。吃了几杯酒到肚子里，酒劲烧得人热了起来，话语也就逐渐多了。

王广林问道："你们家老爷们是哪一个？"

金萍答道："钣焊车间的吴文福。"

"吴文福？"王广林翻着眼睛想了半天，突然，他记起来了"啊！懒——"话刚要出嘴，他又咽了回去。懒牛阿福是厂里出了名的懒虫，他不敢说出阿福的绰号，怕伤了她的心，触犯到她的忌讳。

"吴文福不在家，咱们管够了喝！酒，碗柜里还有，没事！"金萍端着酒杯，说要和王广林再干一杯。

王广林色眯眯的一双眼睛，由她的酒杯看到她的手上，献媚地说："弟妹这双手真是巧手，什么都会干。"

金萍听他夸奖自己的手，于是放下酒杯，把一双手伸到王广林的面前，嗲声嗲气地说："你看巧吗？"

王广林顺势接过她的手，放在嘴上亲了一下。

金萍被王广林的突然举动羞红了脸："你坏！"她佯作生气地说。

王广林用一双热辣辣的眼睛看着她的脸，小声地说："我喜欢你。"

金萍瞟了他一眼，抿嘴笑了，不说话。

王广林绕过桌子，走到金萍的身旁，搂住她的肩膀，对着她的脸颊亲了一下。金萍转过身，拉过他的一双手，拿在自己的手里，对他说道："你得帮我。"

王广林看着她的脸，很认真地说："你是我的心肝，我怎么能不帮你。"

金萍看茶杯里的水没有了，她站起身想去厨房里倒水。这时，王广林也站了起来，伸手想抱住金萍亲亲。恰巧这时金萍走开，让他扑了个空。金萍听到她身后"扑通"一声响，她回头看到王广林趴在了地上，她吃了一惊不知道是怎么回事。

她问："没事吧？"

"没事！"王广林一边爬起来，一边说。

她不明白王广林怎么会趴到地上了，他趴在地上干什么？她想，是不是自己什么东西掉在地上了？她下意识地用手摸了摸自己的口袋，手机在，钱包也在。她想，人家是科长，是来做客的，不是来做贼的。他干啥要趴在地上？她始终都没想明白。她认为，反正他也不是自己的儿子，死活与自己无关。他愿意往地上趴，摔死了也是他自己的事。她端着茶杯坐回了原处。

王广林帮助金萍办好拆迁补偿手续，拿到了赔偿的钱。陪着她去挑商品房，帮助她砍价打折后仍然还不够的钱，都是由王广林补齐的。她拿到房子，又是由王广林找人装修的房子。她只等现成的没花一分钱。这个人情可是不一般呐！

阿福不在家的时间里，王广林常来看她，两个人好得胜过夫妻。

世上没有不透风的墙，金萍与王广林两人，虽然做了种种的掩饰，不敢张扬，但他们之间的暧昧关系，风流韵事，还是在外面传开了。金茬听到了姐姐的那些污浊之事后，又气又恼，她来到了姐姐金萍的家里。金萍正在给客户赶做一件衣服。金茬进屋后，走到姐姐旁边，把手里的包往桌上一扔，气哼哼地说："姐！你和那个王二麻子，到底是咋回事？"

"咋回事，又咋的了？"金萍反问道。

"人家说什么的都有，难听死了。"金茬说。

"他只不过帮助我买了套房子罢了，你看他们眼热的。人就是爱嫉妒。你比他好，他嫉妒你；你不如他，他笑话你。"金萍讲着自己的道理。

"别把一个铜板看得比磨盘大，这种事让姐夫听到了该咋想。"金茬担忧地说。

一提起阿福来，金萍的气就不打一处来，她气恼地说"还提他这个窝囊废有什么用！他要是有能耐赚钱养家，也就用不着我这么辛苦了。"金萍用手一指正在做着的那些衣服，向妹妹诉苦地说："你姐夫顶名说是去要钱，到现在连一分钱也没拿回来过。要不是我这样没日没夜地找活做，我们娘俩早就饿死了。"

金茬接着金萍的话，扭着头冲着金萍说："饿死也比羞人死强，叫人都没有脸出门见人了。"

"你这死丫头！"金萍见妹妹不高兴，拿起一杯水，送到她面前说道，"好，好！我的小姑奶奶，我知道了。你晚上就在我这吃饭吧？"

金茬虽然心里不高兴，被金萍说了几句好听的话脸色也就缓和了许多，她还是用话语反讥道："你还有饭吃啊？"

金萍回道："看你说的！我的亲妹妹，你来了我还能不管你饭吃？"

姐妹俩平时也不是常见面，见了面总会有些话要说。她俩嘀嘀咕咕地说到很晚，金莊才告别姐姐回家。金萍送妹妹到门口，抬头看到满天的星斗，像是撒在桌上的钻石，一颗颗亮晶晶闪闪发光，月亮像是一只金盘子挂在空中。她想，这些钻石装在金盘子里，那该是一大笔财富吧！我如果能有这样一大笔钱，那该多好啊！可以让儿子找最好的学校读书，读大学、读博士；可以让他找最好的工作，赚很多钱；可以让儿子找个漂亮的媳妇，买个大大的房子。对了，买个别墅吧！让他们住在楼上，我住在楼下，给他们烧饭。她望着满天的星斗浮想联翩。

当金萍看着妹妹远去的背影，她心里感到内疚，她为自己不检点的行为伤害了妹妹感到很不安。

这能怪谁呢？怪我吗！她想是她下流无耻吗？她越想越气愤，她怨恨阿福窝囊无能，不能赚钱养家，使得她蒙羞去做那肮脏的勾当。

妹妹来过以后，金萍的行为收敛了许多，她怕再伤害到妹妹。但是，她哪里又肯放掉王广林这棵摇钱树呢。他们之间的活动更加隐蔽了。许多人以为他们不再来往了。

十四　讨债人如同是讨饭的人

已是阳春的时节，路边的杨树都已长出了鲜绿的新叶，天气也渐渐地暖和起来，却又常常有冷空气袭扰，时冷时热的天气让人烦躁。这一次，阿福只拿回来五千元钱，老婆嫌少骂了他一个晚上。阿福一赌气饭也没吃，和衣上床躺了一宿。为何说是"躺了一宿"？原本人躺在床上是为了睡觉。他因为心里闹腾，人是躺在那里却一点困意都没有，迟迟不眠。天刚放亮，他就起床出门了。满街弥漫着晨雾，对面看不清人。远处的房屋和街上行走的车辆行人，在雾里显得神秘起来。阿福怕迷失方向，瞪大眼睛搜索着周围的环境，猜测着迷雾后面的景物。他在猜测中，产生着许多新奇的念头。他要去的方向是车站，他不仅是在寻找着方向，还在寻找着意外的奇迹，他希望能在迷雾的后面，出现一个惊人的事情发生，或许会有一个大金元宝出现在自己的脚下。然而，奇迹终归是没有出现，当他抬头看时，已经到了车站。

阿福乘车到了辽阳，出了辽阳车站，他想起李娜的话。为了省钱，他没去找旅馆，他去租了间房子住。他顺着李娜指的方向找到了房东，看好了房子，谈好了价格，就住了下来。昨天受了一肚子的气，饭也没吃好，觉也没睡好。现在他那个困劲上来了，他觉得困比饿都难受，他得把觉补回来，但也不能亏待了肚子。他到门外买来一个面包，又向房东要来一杯白开水，胡乱地吃下去。他抹了抹嘴巴，上床拉开被子，倒头睡去。

李娜在卡拉OK厅上班，一般都是在中午12点到午夜12点。也有个别客户玩到后半夜两三点钟，极少有玩到天明的。不管是到几点钟，只要来的客人点到你，就得陪着客人到几点。生活嘛，就是这样，钱哪有那么好赚的。

昨天，就遇到几个来玩的客人，一直闹到天明。她陪着客人唱歌，唱得喉咙发干，人也困得头晕脑旋，两眼冒金星。送走了客人，她回到住处，简单地洗了洗就睡了。当她一觉醒来时太阳已经偏西，抬手看了看表将近四点。现在去上班已经晚了，请一天假吧。休息一天，自己烧点东西吃。她从菜场买回来菜正在清洗，忽见隔壁的房门推开，走出一个人来，她吃了一惊："啊？怎么是你呀？"

李娜去菜场买菜的路上遇到房东，听房东说起过，隔壁来了一个新房客，没想到会是阿福。

阿福也吃了一惊："嗬！你住在这里呀，这下可好，我们成邻居了。"

李娜问："什么时候来的？"

阿福答："今天早上。"

"还是那件事啊？"李娜问。

阿福回答道："就是。"

李娜说："也是，现在要钱就是很难的。"

阿福说："我也搞不清，是他们真的没钱呢，还是有钱不肯给。"

李娜说："他们厂里经常有人来唱歌，他们厂里的事我也知道一点。就是有没有钱这个事，可不太清楚。"

"你自己烧饭吃啊？"阿福问。

"是啊，要不你晚饭就在我这里吃吧？"李娜客气地让道。

阿福不好意思地推辞道："噢，那怎么好意思！我在外面小店里吃点就行了。"

李娜说："没事，我一个人也吃不完，就算是我今天给你接风。"

阿福觉得盛情难却，自己还要在这里住些日子，总难免今后还要有些来往，不如顺水推舟，晚饭就在她这里吃了吧："那好，我再买点菜来。"说着他就往外走去。

李娜听了赶紧阻拦："吴老板！这菜够了。"李娜拦他不住，他已走出大门好远了。

阿福出去约莫半个多钟头的样子，拎了一瓶酒，捧了一捧熟食回来。放在桌上打开看，半只烧鸡、一斤粉肠、一斤油炸丸子，还有一瓶金星牌二锅头白酒。

李娜走过来看了说道："吴老板，你可真是个实在人。我这里有菜了，你又买来这么多菜。"

阿福回道："头一次，不好意思白吃你的。"

李娜回道："看你说的，吃顿饭有什么好不好意思的。"李娜拿来盘子把阿福买来的菜装了，又端上来自己烧的两个菜，拿上来两副筷子两个酒杯。阿福拿起酒瓶，拧开盖子，先给李娜面前的酒杯里加满了酒，然后再给自己倒上，端起酒杯先敬李娜一杯："李小姐，谢谢你今天对我的热情款待。"

阿福的话尚未说完，就被李娜打断了话头："什么小姐、小姐的，多难听。我叫李娜，就叫我李娜吧！"

"好，好！就叫李——娜！"阿福一下子好像还有点不习惯，说出来极不顺口。

李娜继续接着说："我在歌厅里听别人叫小姐，心里就很反感。吴老板，你……"

阿福也打断了她的话："别叫我老板。我的名字叫吴文福，别人都叫我阿福，你也叫我阿福好了。"

李娜说："哦，你的名字很不错啊！有'福'字，有福噢！只是这个，噢！不说了。"

阿福知道她要说什么，故作大方地解释道："你说，不要紧，我不相信这些。你是不是说'吴'字不好？"

李娜赶紧辩白道："我可没这个意思啊。'吴'字挺好的，口天吴，一口吃遍天下，多有福气啊！"

阿福说："说句实在话，你歌唱得真好，比那正儿八经的歌手都强好几百倍！"

李娜说："你吹吧，你就会忽悠我。"

阿福说："你这么好的天赋，怎么不去读音乐学院呐？"

李娜叹了口气，悲伤地说："好，谁还不知道好。没有办法，命不好。穷，读不起。我呀，有点信命。老话说得好：苦菜苦，甜菜甜，荒年黄金不值钱。小姐落难烟花巷，有谁疼爱有谁嫌。"

阿福听了李娜的话，心里也不是滋味："你也不必太悲观。要说命运，有点好像带点封建迷信的味道。其实要我来理解啊，命运就是个机会。这机会呀，对每个人来说都会有很多，只是你有没有看到它，能不能抓住它。你抓住了，才算是机会，没抓住，那是浪费。"

李娜说："其实大哥！我呀，一听别人说我歌唱得好，我就特别伤心。凭什么别人可以到舞台上做歌手，我却落在这样的角落里，给人家作陪唱。我要是生在城里，生在有钱人家，那我还会干这个吗？我真的越想越伤心。"李娜说着说着，竟流下了眼泪，后来她是越讲越难过，终于控制不住久久压在心里的委屈，伏在桌上痛哭了起来。

李娜的哭泣，使得阿福束手无策。他放下了手里的酒杯，看着李娜伤心地流泪，心里也是一阵阵酸楚，要想说几句安慰她的话，却又不知如何开口。阿福见李娜哭得差不多了，他站起来，走到她的身旁，用手轻轻地拍了拍她的后背，安慰地说："李娜，别伤心了，你还年轻，以后总有出头的时候，到那时候日子就好过了。"

李娜停下了哭泣，终于把头抬了起来，用餐巾纸抹了抹眼睛，叹了口气说："现在，我的心舒坦多了。"

阿福这时也好像放下一副重担，走回到自己的座位上，看了看李娜的脸，他笑了。

李娜的情绪恢复了正常，她看了看阿福说："我今天有点失态，让你见笑了。"

"看你说到哪儿去了，谁都有伤心的事，能有机会把它说出来就好了，说出来心里就舒坦了。"阿福安慰她说。

李娜说："咱们还是讲点实际的吧，我住在这里，时间长了有体会，两个人搭伙，比一个人烧着吃省钱。你看，如果你在这儿待的时间长的话。当然，我看你也是个实在人才这样说的。"

阿福回道："我知道，我知道。你是好意，那就照你说的这么做吧。"

李娜每天照常地去歌厅里去上班，不回来吃饭，就给阿福打个电话。阿福有时去熊厂长那里，看看有没有钱拿，有时候熊厂长那里不去，就到街上去转转，找点能赚钱的事做做，有了钱，才好过日子嘛。他在街上遇到卖彩票的，有时也偶尔买一张，碰碰好运气。

凡是过日子，每天也就是有事说事，转眼间，过去了多少日子，也数不清了。有一天，他走到一个卖彩票处，掏出早几天在这里头的彩票，对着公布的号码看。只见他看了一遍，揉了揉眼睛，把彩票往近拿了拿又看了一遍，嘴里不由自主地念着上面的数值。对啊，是这个数值！哇，我中了，我中了！阿福情不自禁地在心里呼喊起来。但是，他嘴上可是没敢发出一点声来。他装作若无其事的样子走到服务台前，问道："中了奖怎么去拿？"服务员告诉他：除了奖券外，还要带身份证，到什么地方领奖金。阿福离开卖彩票处，先给李娜打了个电话，告诉她在外面有点事，中午不回去吃饭，还告诉她晚饭一定要回去吃。李娜被他搞得莫名其妙，她心想咱们也管不了人家那么多事。于是自己吃了午饭就去上班了。到了快吃晚饭时，李娜看歌厅没什么事，和领班说了一声，就回了住处。她推开门，看到摆了一桌菜，阿福坐在桌旁等着她回来吃饭。

李娜不解地问道："怎么了，今天遇到什么好事了？"

阿福说："让你说对了，真的就是好事。"

李娜说："是熊厂长把钱都给你了。"

阿福说："不是，哪有那么容易就好办了。告诉你吧，我啊，中了一个大奖，三千块！"

李娜听了，以为自己的耳朵没听准："什么，什么？"她继续追问道。

阿福看着李娜惊疑的样子又重复了一遍："三千块！"

李娜睁大了双眼，愣愣地盯着阿福的脸看，好像阿福的脸就是一张彩票，那些鼻子眼睛就是彩票上的数字，李娜要核对一下，这些数字是否真的摆对了地方，口中还不知不觉地絮叨着："是嘛，是真的吗？"她为阿福感到高兴。

阿福说："来，咱们庆祝一下！"

"对，对！咱们来庆祝一下。"李娜拿起酒杯，"祝贺你的好运，干杯！"

"谢谢！"阿福也端起酒杯。"你请个假，咱们慢慢吃。"阿福向李娜提议道。

李娜说："我和领班说过了。"说着就拉开凳子坐了下来。

吃到高兴时，李娜说："来，我给你唱个歌！"

阿福其实很喜欢听李娜唱的歌，确实唱得好。只是由于上次说起唱歌，触动了李娜的伤心处后，两个人都不再说唱歌的事。

今天，李娜高兴主动要唱歌，阿福十分激动，拍手叫道："好！"

李娜说："我喜欢邓丽君唱的歌曲，甜美抒情。"

李娜又想了一下说："嗯，那就唱个《小城故事》吧！"

阿福喝着酒，品味着李娜唱歌，痴迷在《小城故事》的曲调里。阿福享受着这种感觉，一种从心里向全身流淌的暖流，一种芬芳的滋味。酒在不知不觉中消失在他们的腹中。阿福拿起瓶子摇了摇，站起来说："你等一下。"说着到门外小店里又拿回来两瓶。

李娜看他拎着酒瓶子进屋说道："干啥又买两瓶？已经喝了不少了。"

阿福把酒放在桌上"不多，今天我高兴，咱们慢慢喝。"说着打开一瓶先给自己满上，又给李娜添酒，李娜拿起酒杯向一边躲去说：

"我不喝了，我够了。"

阿福拿起酒杯先喝了一口，放下说："我生下来到现在，从来没有像今天这样高兴过。人逢知己千杯少，喝！"

李娜看他好像是有点醉了，给他纠正道："酒逢知己千杯少。"

"酒重要，人重要？"阿福想表明自己没醉，申辩道，拿起酒杯往嘴里倒去，酒全都倒在了自己的前衣襟上。他想再给自己的酒杯里加上酒，伸手去拿酒瓶，却一头扑在桌上醉了过去。

李娜想喝水，就去倒杯水的工夫，阿福已经醉倒在了桌子上。李娜把他扶到床上。见他醉得不行，担心他夜里会有什么事，她没有离开他，她替他脱了衣裤，自己也脱了衣裤睡在了他旁边。

第二天，阿福醒来看李娜在自己房间里，他昨天酒喝太多，已记不清昨晚的事情了，他好奇地问道："你什么时候来的？"

李娜只是抿嘴笑不答话，她把他的衣服拿到床边，脸色羞红地低声说："你醒了就起来吧。"阿福眨了眨眼睛会意地笑了。

两个人相互照应，从此以后，更加亲密起来，相隔一段时间，李娜总会备些酒菜，叫上阿福在一起吃，欢乐地过上一夜，消解一下平日里的苦闷。

早晨，太阳照在东墙头上，大蜻蜓趴在墙上，享受着阳光的温暖。微风吹过，树梢头的树叶三三两两地划着弧线摇摇摆摆地飘落下来，它向人们展示：秋，来了。它正以它自己的方式给这块大地上贴着"秋"的标志。

十五　儿子寻爹要学费

孝礼开学了，一个新的学期开始了。学校里除了要交学杂费、书本费，还要新做一身校服。孝礼在学校把老师的要求仔细地记下来，列了个清单，带回家后交给了妈妈。金萍接过儿子递过来的单子，她想起了阿福。人不回来，钱也不拿回来。金萍开始絮叨起来："你爸跑出去不回来，撇开咱们娘俩不管。你的那些二大爷三叔也从来不过问咱娘俩的死活。要不是你舅舅过来帮助，咱们娘俩早就饿死了。你从小到大，吴家的人管你什么啦，要不是你舅舅，你能长这么大……"

金萍在儿子面前乱发牢骚的话，伤害了孩子的心灵。他很难过地低下头，不知所措地用手捻着衣角不出声，看着自己的鞋，不敢去看妈妈的脸色。金萍看了看儿子拿回来的单子，又看了看儿子。站在她面前的人，是她的儿子。那是她的儿子！她看着儿子，心软了，她心疼儿子。她觉得自己按捺不住发的这些牢骚话说给儿子听又有什么用呢。她强压住自己的气恼，语气温和地对儿子说："儿子啊！老师说要什么时候交？"

孝礼憋红了脸，表情为难地回答妈妈的问话："下个星期，什么时候都行。"

"儿子啊！"金萍用商量的口气和孝礼说，"你星期天，到你爸

55

爸那儿去看看，拿些生活费回来。他去要债这么久了，总能要出点钱了。你去了，不管多少拿些回来。"

听了妈妈的话，孝礼如释重负，一块石头落了地。他偷偷用眼角看了妈妈一眼，又去写作业了。

星期天，孝礼拿着妈妈写的地址，找到爸爸在辽阳的临时住处。他站在门前，不能确定这个地点是否对，他犹豫了半天才下决心，还是敲门问问再说。

阿福正在屋里烧午饭，听到有人敲门问道："谁啊？请进！"

孝礼在门外，听见里面的人说话声有点像是爸爸的声音，就推门走了进去。

阿福听见开门声，扭头向门看去。"儿子！"阿福先是一愣，儿子来了，出乎他的意料，让他又惊又喜。他很久没有看到儿子了，他很想儿子。他马上放下手里的锅铲，走上两步把儿子让进屋里。

孝礼看到爸爸好像衰老了许多，脸上出现了纵横交错的皱纹，气色也不太好。他再抬头看，屋里的床上还坐着个年轻女人，约莫在三十岁，眉清目秀，五官端正。

阿福拉着儿子的手，给他介绍道："这是李阿姨，住在隔壁。我们在一起搭伙吃饭，这样可以省点钱。"

"哎哟！吴师傅，你的儿子都这么大了，长得可真像你。你看那双眼睛，简直就像是一个模子里刻出来的，比你好看。帅小伙过来坐。"李娜见是阿福的儿子来了，先是吃了一惊，她看阿福高兴，她心里也平静了许多，再仔细看这孩子，不烦人，挺可爱的。

孝礼是个内向的年轻人，见了生人就脸红，尤其是见了女人，羞得连头都不敢抬，脸从鼻子尖红到脖子根。他听了他们的说话没有吱声，只是挨着床边坐了下来。

李娜赶紧从床上下来，拿来一副碗筷放在桌上："一起吃吧！"阿福烧好了饭菜，大家坐下来一起吃。

阿福在吃饭的时候问了一些家里的事情。孝礼从口袋里拿出学校要交费的单子说："妈妈说让我把你要来的钱带回去，家里没有生活费了。"

阿福手里拿着单子看了看，向儿子问道："一共多少钱？"

孝礼回答："差不多是三千元。"

阿福说："儿子啊，拿很多现金在路上坐车不安全。"

"那你就和我一起回去呗。"孝礼很希望爸爸能回家。

"那家厂里还欠我们不少钱没给，我只拿这点钱回去，你妈又要和我闹了。"阿福也很想回家，但是他一想到金萍那个凶蛮的样子，他就怵头了，他不敢回去。

李娜并不希望阿福走，看阿福也有不想回去的意思，以为是为了她，心里美滋滋的，就给他出主意："还是通过邮局寄安全，弄丢了会给赔的。"孝礼还是孩子，不懂这些，只听大人安排。

王广林接到金萍的电话，一个人先到太原街"东北旅社"开好房间等她。听到敲门声，王广林估计金萍已经到了，走到门前打开房门。不是别人，正是她。王广林激动得一把把她抱在了怀里。

金萍推了他一下说："急啥！门还没关呢。"

关上门，两个人紧紧地拥抱了一会儿，王广林搂得金萍气都透不出来了。金萍在他的脸上深深地吻了一下，拍拍他的屁股说："我先洗个澡。"

王广林松开手说："我来帮你洗吧，你一个人后背洗不到。"

金萍脱光了衣服，进了卫生间，王广林也跟了进来。

金萍洗好了澡，王广林拿过一块干毛巾，帮助她擦去身上的水珠。她光着身子，迈着轻盈的脚步，扭动着女人优美的曲线身躯来到床前，坐在床头梳理头发。王广林给她倒了一杯水，放在床头柜上。金萍说："我今天打发儿子去辽阳找他爸爸了。"

王广林听金萍说起阿福，心里有些醋意，他觉得她话里有话，他看了她一眼说："还找他干什么？有事找我啊。"

金萍拉过包来，从里面拿出孝礼的那张单子给他看："儿子学校里要交费，他一分钱都不拿回来，叫我怎么办？那是他的儿子，他不管谁管，我让他去找他爸爸要去。"

王广林伸手接过单子，没有直接去看，他先向金萍问道："需要多少钱？我看去找他也不一定能拿回钱来。"他说完了这句话，才往单子上看了一眼，又还给了金萍："光这点钱啊！还得过日子吧。这样吧，我再给你打过来两万。你看行不行？"

金萍抬起头，眼泪汪汪地看着他。王广林弯下身子，在她的脸颊上亲了一下，金萍感激地抱住了他的头，深深地接了一个吻。

金萍回到家里，儿子也已经到家。她问儿子："从你爸那里拿回来多少钱？"

孝礼说："爸爸担心我带现金弄丢了，下午带我到邮局汇过来两万元。"

金萍听到这个数字，觉得还行。放下钱的事，她开始打听阿福在那边的生活情况："你爸爸住得怎么样？"

"就是一间房。"孝礼回答。

"吃饭怎么吃？"金萍继续问。

孝礼回答："爸说是和隔壁的一个阿姨搭伙做饭吃，说是这样省钱。"

金萍听到这里，马上警觉起来。孝礼明明已经说了是阿姨，她还是重复地问了一句："是男的女的？"

孝礼回答："阿姨嘛，当然是女的了。"

金萍又问："多大年纪？"

孝礼回答："看上去还年轻，我也说不准有多大。"

金萍很敏感，听过孝礼的话，她就认定了阿福在外面养了女人，她气得火冒三丈。但是，她在儿子面前，还是故意保持镇静，没有多说一句话。她站起来到厨房去给儿子弄饭吃。

十六　讨债的日子终于结束了

一日一月一年，一分一角一元。阿福在外面，日子过得挺艰苦，他数着钱过日子，又数着日子去要钱。他在辽阳人地生疏，想找点赚钱的事去做，也不是件容易的事。人煎熬得一天比一天瘦，身体也越来越差。

这一天，李娜回来吃饭，说起冯科长带客户来唱歌。李娜对阿福说："冯科长说昨天他给熊厂长买来一张老板桌，花了一万多元呢。"阿福听了很气愤，决定去找熊厂长要钱。

在办公室里阿福见到熊厂长，也见到了那张万元大桌子。阿福说："熊厂长，你看我……"

阿福的话还没说完，熊厂长就接过他的话头说："我知道，我不是和你说过了嘛，有钱的时候肯定给你嘛。"

"你怎么会没有钱……"阿福火了，和熊厂长在办公室里吵了起来。

冯科长听到厂长办公室里有人吵架，赶紧跑了过来，见是阿福。冯科长走到阿福面前，劝解道："吴老板，你消消气，有话好好说。有些情况你可能不知道，我们厂里现在确实没有钱。你可能看到我们的办公楼翻新了，厂长也换了大办公桌。这些都是借的钱，都欠着人家，还没付款呢。"

"我不信！"阿福不相信这些是真的。争吵了半天，熊厂长不肯拿出钱来，阿福也无计可施，只好耷拉着个头，无奈地返回住地。

常言道：日月如梭，光阴似箭。阿福在辽阳讨债，转眼也有好几年了。这几年下来，他耗尽了积蓄，耗尽了心血精力，浪费掉了大量的宝贵时光，人已日见憔悴。每天李娜上班以后，只剩下他一个人待在住处时感到特别寂寞。只好弄瓶酒，自斟自饮打发时光。几口酒下肚，勾起了他无限的愁思。他想家，想起在家时那些无忧无虑的幸福时光：家里我最小，父母都最宠爱我。那一年闹饥荒，妈妈把哥哥叫到身旁说："文祥啊，咱们把后院收拾一下，养几只鸡。这饥荒年，大人挺一挺过去了，以后还可以补回来。你弟弟小，亏不得，亏一年就要亏一辈子。"

鸡下蛋了，我蹲在鸡窝旁，看鸡下蛋。鸡下好了蛋，它就走到一旁去，"咯咯"地叫。我看到一个大大的蛋落在鸡窝里，赶紧把它拿起来送给妈妈，蛋在我的手里还热乎着呢。

"妈妈，鸡下了一个蛋。"妈妈接过蛋，摸摸我的头说："好孩子，妈给你蒸个鸡蛋糕吃。"

我第一次吃鸡蛋糕，真好吃，我现在还记着那鸡蛋糕的滋味。妈妈经常给我做些好吃的，哥哥不高兴跟妈妈闹别扭，妈妈说："他现在小，先让着他点，以后我也做给你吃。"

哥哥说："你就宠着他！"看着哥哥生气的样子，我很得意。

后来上学了，妈妈跟姐姐说："你带着弟弟去上学。看着点，不要让人欺负了。"

姐姐帮我背着书包，把我送到校门口，姐姐说："就要进校门了，你把书包背上吧。"

"为什么?"我问。

姐姐说:"你看别人都是自己背书包,你不背书包同学会笑话你的。"

那时候,全家都宠着我,我什么也不用干,吃得最好,穿得最好,无忧无虑地过日子。

你说这人为什么要长大呀?如果一直是孩子,有父母的照顾该多好啊!

现在父母不在了,什么都得靠自己了,阿福伤心地流下了泪。他想家,想父母,想儿子。他端着酒杯,一滴泪珠掉进了酒杯里。他低头看着酒杯里的酒,杯里的泪水酒水,已经分不出哪些是酒水,哪些是泪水了。他一仰头喝尽这杯酒,苦啊!几杯酒下肚,他的脸开始红起来,酒熏得脸从鼻子尖一直红到脖子根,人也开始晕了起来。迷迷糊糊的一天就又过去了。

他或许不知道,正是由于父母的这般宠爱,使得他没有机会去学习怎样生活,使他养成了好吃懒做的坏习惯。在后来的生活中,他由于缺乏生存的能力,失败连着失败,毁了他一生的幸福。

李娜接到家里的电话,说是孩子要上学了,让她辞掉这里的工作,回家去照顾孩子。她今天没有去上班,在住房里整理东西。李娜到阿福的房里告诉他这两天把这边的事情安排好了就走。

阿福听了很伤感,他说:"我去准备点吃的。"阿福要为李娜送行,准备了一桌的饭菜。

李娜坐下来,一边吃饭,一边和阿福说:"要带走的东西,我都放好了。那些不带走的东西,留下来给你用,等我走的时候,你把它搬到你的房间里来。"

阿福说:"噢!"

李娜说："都说抽烟喝酒对身体不好，你也戒了吧。"

阿福说："噢！"

李娜说："你在这里，讨债这么久了，我看你这个讨债人，也快成了讨饭人了。我走了以后，过些日子你也整理整理回家吧。到家以后，和你老婆好好说说。"

"你这一走，以后还有机会见面吗？"阿福伤感地望着李娜问道。

李娜说："我有我的理想，我有我的追求。我从小就想当个歌唱家，一直也遇不到这样的机会。后来，我就不抱希望了，只想赚了钱以后好培养儿子，我不能让他像我这样，一定让他有出息。"李娜停顿下来，看了看阿福说："粉丝不用多，有一个也知足了。"李娜将阿福当作了自己的知音。

阿福送走了李娜以后，过了不久，他又到熊厂长那里，最后拿了一笔欠款，也离开了辽阳。

那一天，熊厂长留他吃了一餐饭，熊厂长说："阿福啊，你是个好人，我知道，我就是没有钱，真的没有钱，我要是有钱，早就给你了。我也不隐瞒，你看到这厂房也翻新了，办公室也翻新了，不这样做不行啊。厂房破烂，客户来了，他说你没有生产能力，业务不给你做；办公室破烂，他说你没有经济实力，不和你签合同。厂里这么多职工都要等着拿钱吃饭，我怎么办？这些都是欠钱做的，到现在都还没有还上。阿福啊，你是个好人我知道，好人总是会有好报的。"熊厂长想用动情的话来劝说阿福同情他。

阿福听了熊厂长说的话，总觉得熊厂长又在忽悠他了。他不给他好脸，表情麻木地只管吃酒，他觉得今天的这酒还可以，能吃点就算是捞回来点，不吃白不吃。

十七　回家后的风波

阿福回到河阳的时候，儿子已经去北京读大学了。金萍还是靠给别人做衣服过日子。

金萍在家里正在给人家做一件衣服，听到门响，她放下手里的活，一边问道："谁啊！"一边向门口走去。她以为又有客人来做衣服。

门开了，走进来的是阿福。

金萍见了一愣，出乎她的预料，是他回来了。

阿福拖着一只旅行箱，肩膀上还挂着一只包，立在门口。几年不见，脸上开始出现了横横竖竖的皱纹，气色也不好看，似乎有点苍老。

"你，你回来了！"金萍见到阿福回来，觉得有点突然。

阿福和金萍已有许多年没有见面了，等他与金萍一见面，一时不知如何开口是好："嗯。"千言万语在心中，他只简单地应了一声，全都概括了。

"进来吧！"金萍把门拉大，让阿福好拖着旅行箱进屋。

金萍见到阿福先是一惊，后来一想，他在外这么久了，一定也是赚了一些钱才回来的。想到这里，她的心态和表情也就好了很多。她把他让进屋里问道："吃饭了吗？我给你做点吃的。"她看着阿福带来的有大包有小包，想着这钱应该不少了，要放可能也放在大包里。

吃过饭，他说他路上累了，金萍让他洗洗早点休息。

金萍没有先开口问他钱的事，阿福也不主动说，这可憋坏了金萍。到了半夜里，两个人没什么事了，坐在床上说起话来。金萍这才问起钱的事："你这一去，这么久才回来，是不是赚了许多钱回来？"

"明天我拿给你。"阿福答道。就此一宿安歇。

第二天，梳洗完毕，吃过早饭。阿福从包里拿出钱来递给金萍。金萍看到才这么一小叠钱，她心里在想：可能还有吧？不可能就这么一点吧！她接过钱，看着阿福，等着他继续往外拿钱。

阿福看金萍不走，也不说话，只是用眼睛看着他，他知道要坏事。他刚要站起来，金萍就沉下脸来厉声问道："怎么！没了？"

一种莫名的恐惧在阿福的心中油然而起，他没有敢马上回答，他稳了稳神，又不安地向她看了一眼，嗓音微微发颤地说："嗯，没了。"

金萍觉得对待阿福是不是太宽厚了。她已经等待、忍耐他许久了，结果还是这样。她一股无法抑制的怒火冲了上来，她扬起手来用力将那一叠钱向阿福砸去，阿福将身子一侧，钱砸在了后面的墙上。金萍气炸心肺地大骂道："你个死东西！你拿钱在外面养野女人，你还以为我不知道啊！你把钱都给了那个小狐狸精，你现在拿回来这点东西来哄老娘！那个不要脸的小骚货，竟敢欺负到老娘的头上来了！"

听到金萍的骂声，阿福尴尬地立在那里不敢言语，一双眉毛两边耷拉成了八字形，压得一双小眼睛成了三角形，满脸的皱纹聚在一起，像一个皱了皮的苦瓜。过了许久，他才结结巴巴地说："我们只是在一起搭伙吃饭，也是为了能够省点钱。"阿福猜到这是儿子上次去看他时候的事，他都和他妈说了。这孩子真给他找麻烦。他完全否认，看来是通不过的了，只好承认有这回事了。

阿福的回答使金萍认证了儿子回来说的话是事实，越发使得她气愤难耐："在一起拼伙吃饭，哼！光是吃饭，在一起睡觉不是更省钱。省的钱呢！钱在哪里？都给了那个小婊子了吧！"

金萍的话使得阿福哑口无言。阿福拿不出钱来，就不能自圆其说。几年来，阿福在辽阳讨债，过的艰苦日子无处去说。阿福也真是倒了霉了。他满肚子的苦水无处倒，也是倒不出来，金萍由不得他来倒。

金萍越说越气，气得她伸手拉起旅行箱，连人带物一起推出门外。然后，她一屁股坐在了门口，拍腿顿足地放声大哭，诉说着阿福不是个东西："你没良心，撇开我们娘俩死活不管，到外面去养女人……"

阿福被推出房间，在门口蹲了下来。他记起了李娜临走时吩咐他的话，他想对金萍说几句好话，再向她赔个不是，却始终没有说话的机会。金萍抹了一下眼泪，向阿福看去，见他蹲在门外，脑袋耷拉在两腿之间，一声不响。她猛地站起身，把门一推，将阿福关在了门外。阿福在外面敲了一阵子门，金萍就是不开。阿福背靠在门上，立着不知如何是好，心里很郁闷。看来她见不到钱是不会来开门了。

阿福在大街上，拖着旅行箱，漫无目的地在街上流浪。他在想怎么办？得想个办法出来。他的思绪似乎跟着脚步在一个一个地变换。可是，天渐渐地黑了，他的办法还是没有想出来。前面的问题还没有解决，他又面临了新的问题，晚上睡到哪里去？他停住了脚步，他真的不知道，下一步该先出左脚呢，还是先出右脚？他又犯愁了。去蹲火车站吗？外出的人赶不上车都是这样。我过了今夜，明天怎么办？睡在哪个屋檐下？流浪的人都是这样，我混到这步田地了吗？阿福在旅行箱的旁边蹲了下来，在这个时候，他想到了自己的父母，他伤心了，眼角流出了一滴悲伤的泪水。泪水滴在自己的脚前，在地上留了一个大大的黑点。

十八　在姐姐家里的生活

当他敲响文慧姐姐的家门时，天色已经很黑了。但是，他们都还没睡，一家人还在看电视。女儿宋明说："妈，好像有人敲门。"

文慧也好像听到有人在敲门，都这么晚了，平时也没人来呀，文慧怀疑是不是听错了，会不会是敲别人家的门声，于是反问道："是敲我们家门吗？"

宋明觉得好像是敲自己家的门，她说："听起来好像是敲我们家的门，我去看看。"

宋明边说着边就站了起来。文慧不放心地说："别直接开门呐，问一声是谁，不认识的别开门！"

"知道了。"宋明答应着已经到了大门口。来的不是别人，正是阿福。

"妈！是老舅来了。"宋明在门口叫道。

文慧听说是阿福，忙向女儿叫道："赶紧开门，让你老舅进来。"

文慧想着阿福这么晚了到她这里来，肯定是有原因的。她站起身来，赶紧向门口迎去。看到是阿福拖着旅行箱，满身的灰尘疲倦地走进来。"怎么了，这是刚下车啊，才从辽阳回来啊？"文慧见弟弟这副模样心疼地问。

"嗯。"阿福不敢说实话，只好模糊地回答。

"宋明啊，赶紧到厨房，给你老舅把饭热热。"文慧嘱咐完女儿，才回过头来问阿福，"你还没吃饭吧？"

阿福还是回答一个字："嗯。"

文慧想，现在阿福一定会口渴，她走到桌旁，拿起茶壶，给阿福倒了一杯温水。阿福接过姐姐递过来的水，一口气喝干了。人在渴的时候，喝口白开水比喝人参汤还提神，有过这种经历的人，那种感觉真的是很难用语言来描述的。阿福漫无目的地在街上转了一天，已经是又累、又渴、又饿，现在一杯水喝下去，人精神了许多。他坐下来，与姐姐、姐夫谈起这几年的经历。阿福见姐夫宋广元坐在桌旁的凳子上，问道："姐夫，现在身体可好些了吗？"

姐夫宋广元早几年前，曾经患过中风，在床上瘫了好几年。那几年里，家里家外都是姐姐一个人在忙，他瘫在床上不能动，她还要伺候他大小便，真的是很辛苦。广元见阿福问就回道："这几年，都亏了你姐姐伺候，看病又及时，身体好多了。生活能自理了，就是上班工作还不行。"

文慧接着说道："他老是想着要去上班，你看他那身体，还能去上班吗？能恢复到现在这样一个程度，就应该知足了。"

广元生了这种病，拖累了老婆，觉得有些对不起老婆，常常为此感到内疚。文慧理解丈夫的心情，把话语引开："秦志富是和你一起进厂的吧？他现在可是个大老板了，办了一个大公司，生产门。产品都卖到北京、上海了。"

阿福听了很振奋："哦，看不出他有这么大的本事啦，那我明天去看看他。尤钢现在怎么样？当时他可是个能人啊。那时候，我们还只拿几十块钱的时候，他已经是万元户了。"

　　"他呀，做生意上了两次当，就不做了。听说现在是在哪个单位里跑业务。这个人是个聪明人，聪明反被聪明误，后来没听说到他有什么大的作为。"

十九　精明的尤钢

尤钢，中等身材单薄相，白净的脸孔，一双滴溜溜传神的眼睛，与别人说话时，总是一副谦虚恭维的表情，不是那种让人讨厌的人。初入厂时，尤钢与阿福被分配在同一个车间里，也是钣金工。尤钢对电焊有过敏反应，弧光照到的地方，红肿奇痒。

尤钢常常去厂卫生院看医生。日子一久，尤钢与范医生就熟悉了。有一天，医务室里没别人，范医生对尤钢说："过敏反应不是病，没有什么药可以医治。你可以到市里的大医院开个证明，向领导要求一下，申请调换个合适的工作。"

尤钢一听十分高兴，千谢万谢地感谢了范医生一番。

范医生嘱咐道："这件事，你可千万不能对别人说啊！"

范医生是赤脚医生出身，他知道自己的底子薄，担心被领导知道了给自己带来麻烦。

第二天，尤钢向袁组长请假，去医院看病。尤钢从小到大，还真没上过大医院。今天他进了医院，见到医生有些胆怯，如同小孩怕医生给打针一样的心理。医生怎么说自己就跟着怎么做，一点都不敢与医生有半点争议。尤钢从医生那里拿了一大把检验单，一项一项地去做，最后回到医生那里，医生说："三天后再来看结果。"

尤钢的一颗心被吊了起来，吊了三天。这三天，日子过得很不踏实，连吃饭都觉得淡而无味。

第四天，尤钢去医院复诊，医生将他的检验单一项一项地认真看过后，给他开了一份诊断证书，上面写道："该人对弧光有过敏反应，建议调换合适的工作。"

尤钢拿着诊断证书，先到厂里的卫生院，院主任在诊断书上批了一个"请车间考虑"的意见，又还给了尤钢，对他说："我们卫生院没有意见，你去和你们领导商量一下，换个合适的工作。"

尤钢回到车间，先找到自己班组的袁组长，尤钢说："袁师傅，医生说我对弧光过敏，不适合做这个工作，需要换个工作做。"袁组长接过尤钢递过来的诊断书，向上面瞄了一眼。他看的不是内容，是看看这个诊断书是真是假。这是一份医院特有的格式文书，上面还有医院盖的公章，袁组长相信这是一份真的诊断证书。他把它又还给了尤钢说："你看看，我们小组里只有这样的工作，如何调换呢？要不这样吧，你拿着这个到车间里找王主任，看看车间里能不能给你解决。"

王主任看过以后把它放在了桌子上，什么也没说。他接了一个电话后就走了，把尤钢晾在办公室里干等起来。尤钢在办公室里等了两个多小时，也没见王主任回来。尤钢的屁股是越坐越乏。最后，他无奈地站起身，拿回那张诊断证书，离开了办公室。

下班回到家里，尤钢把今天的事向爸爸妈妈说了一遍。妈妈听完后说："儿子啊，求人的事不能空着手去，当官不打送礼的。老尤啊，你是不是给儿子准备点什么？让儿子带去。"

老尤赶紧答道："好，好，我准备。儿子啊，你还是晚上去好，白天工作时间就不要去找他了。"

尤钢的妈妈接着问道："唉，我说老尤啊，他们的主任是谁呀？你认不认识？"

"姓王，王主任，你也可能认识。王大牙，造反派出身。"

"造反派怎么还在当主任啊，他怎么没下来呢？"

"何止是'四人帮'，咱厂里一帮一伙的宗派多了，按照他的说法是：他是政治上站错了队，行为上跟对了人。尤钢，你拿张纸来，我把他家的住址写给你，你按照这个地址去找找看，也不知道他有没有搬过新地方？"一提起王大牙，尤钢的爸爸就有气。

王大牙是绰号，他的真名叫王鑫荣。王鑫荣的爸爸在新中国成立以前，很崇拜上海大流氓头子黄金荣。王大牙出生以后，他的爸爸就给他起了这样一个名字，就是希望他长大以后，也能够像黄金荣那样，用拳头打天下，给他们王家光宗耀祖。

中华人民共和国成立以后没有了旧社会，那样的社会环境，他爸爸想让他当流氓土匪头子的希望落空了。王鑫荣很会赶潮流，破"四旧"的时候，他给自己起了一个新名字，叫"王文革"。人们觉得读这几个字，总感到有点牙碜，不习惯，就没有叫起来。王鑫荣变了，人们对他的看法没有变。和他关系不错的人，仍旧管他叫"老王"；和他关系不好的人，背地里仍旧叫他"王大牙"。王鑫荣后来参加造反派，夺了车间的领导权，自封"金属钣焊车间革命委员会"主任，以后车间里的人，当着他的面都叫他"王主任"。当夺权风过去以后，他觉得有点后悔了，他感觉自己夺的这个权太小了。他现在最担心的问题，还是已夺到手的权怎么样才能保住。他知道凡是运动，总归有结束的那一天。要保住手里已得的权利，就不能再和那批所谓的造反派胡闹下去。他改变了自己的做法："让那些傻瓜们去抓革命吧，他只去促生产。"粉碎"四人帮"以后，他保住了自己的位置。

吃过晚饭，阿福习惯走出家门，到街上溜达溜达。常言道："饭后百步走，活到九十九。"阿福每天晚饭后，都是这样。他餐前不烧饭，餐后不洗碗。他吃完了饭，筷子一放，走到厨房接半碗水漱漱口，然后用手背擦掉粘在嘴唇上的水迹，就出去了。早上时间紧张，三口两口把饭吃完了就得上班。细说起来也算是饭后百步走了。只有中午不同，阿福在厂里吃午饭。他吃过午饭，要紧的事情是找个安全的地方眯上一觉，然后再刷碗，再工作，再等下班的铃声。或许在一天当中，下班的铃声，是阿福最有盼头的事情。对待生活，阿福有许多希望，只有盼下班这个希望，可能是最实实在在的希望。因为只有这个希望，天天都能实现。阿福的身体很好，像那些头疼脑热拉肚子之类的病，从来都没有得过。他常在人们面前标榜自己："你看咱哥们的身体，那是顶呱呱，活到一百岁没问题。"

今天和往常一样，他吃过晚饭走出家门，老远就看见尤钢手里提着东西向这边走来。阿福想和尤钢开个玩笑，他迎着尤钢走了过去。"哎呀，来看我就来看我呗，还拿什么东西啊，别太客气了。"阿福知道尤钢不是来看他的，故意调侃地说。

尤钢在这里见到阿福感到有些意外，突然的情况使得他手足无措，脸上的表情很尴尬："你怎么会在这?"尤钢愣愣地问了阿福一句。

阿福答道："我就住在这里。"

"是啊，今天我还有事，等有空我们再聊。我想问你一下，王主任是不是住在这边?"尤钢没有心思和他闲聊，直截了当地就向他打听王主任的住址。

阿福明白，尤钢肯定是来找王主任办事的，他不想影响了人家的正事，用手指着方向，认真地对尤钢说："喏，二单元，楼上二楼，好像是 201 室。不过刚才我好像是看到他和他的儿子一起出去了。"

尤钢听阿福说王主任不在，出去了。他怀疑阿福与他开玩笑，他看着阿福说："怎么会这么不凑巧啊。"

阿福看他不相信，又强调地说："是真的，我没骗你。"

尤钢感到很懊恼。

看到尤钢一副沮丧的面孔，引起了阿福对他的同情，他用开玩笑的话调侃他："多凑巧啊！我告诉你，就他老婆一个人在家，机会难得。"

"别开玩笑，我真的有事找他。"尤钢有点急了。

阿福也话语认真地对尤钢说："你不知道吧！他家的事是'羊肉丸子'说了算，王主任得听他老婆的。"

"他老婆是日本人呐？"尤钢听阿福说王鑫荣老婆的名字，感到有点像是日本人。

阿福看尤钢不知道王大牙老婆的绰号，还得给他解释一下："你不知道杨园园？她的外号就叫'羊肉丸子'。"

尤钢第一次听到杨园园的绰号，感到有点好笑，他笑着说："哇，这么好听的名字，真还有点洋味。"

阿福给他出主意道："你呀，有什么事不用找王大牙。你就找'羊肉丸子'，把与她的关系打通了，什么事都成了。"

尤钢听了阿福介绍的情况以后，心里有了底。这对他后来的工作调动帮助很大。

杨园园以前不仅纤瘦，而且很漂亮。她原来有个男朋友叫曹友诚，是个很实在的普通工人，不会搞噱头。这是很多年前的事情了，厂里青年开联欢会，王鑫荣在联欢会上认识了杨园园。从那天起，王鑫荣天天邀请杨园园去看电影。一个月下来，在那个年头里能看到的电影全都看过了，好看的电影还要重复地再看上两三遍。曹友诚就没有这样的工夫，人太实在了就会吃亏。结果蛮好的个姑娘，却做了别人的老婆，杨园园跟王鑫荣结婚了。曹友诚还有一个大毛病，他是一根筋，他一直想着杨园园。后来，他就真的没有再谈过女朋友。

那天尤钢去了王鑫荣家里见到了杨园园，不知道他与她是怎么说的，当时没有什么反应。

几天以后，王鑫荣似乎在无意中经过尤钢的身旁，停下来对他说："你下午到我办公室里来一下。"

尤钢听王主任叫他去办公室，不知是凶是吉，心里七上八下的。

车间办公室在车间的北面，是一栋灰色的小平房，共有四个房间，它们分别是：书记办公室、生产办公室、财务统计室和技术组。王主任就在生产办公室。

下午，尤钢忙完了手里的工作，把手头的工具收拾了一下，洗了洗手，就去了车间办公室。王主任在办公室里，坐在椅子上，胳臂肘支在桌子上，正拿着镜子照着自己的面孔。王主任的面孔长得很"艺术"：一对招风耳向前兜起，一双眼睛有时就是一双普通的眼睛，有时却成了斗鸡眼，最为引人注目的还是他的牙齿，一对门牙向外突出，显得格外大。也不知道是哪位先生抓住了他的这个特点，给他起了这个外号"王大牙"。

求美之心，人皆有之。因为自己的相貌长得有些"困难"，所以他对自己的容貌特别关注。他每天必须把自己的脸洗得干干净净，头发梳得整整齐齐。他对自己的这张脸很不满意，他对着镜子里的那个人发怒，却看到了立在门口的尤钢。他放下镜子对尤钢招呼道："哦，你来了。"

尤钢早就来了，他见王主任正低着头看东西，不敢惊动他，就悄悄地立在门口等着。现在，见王主任招呼他过去，他反而胆小起来，他以为他影响了王主任的工作，他怯生生地向前走去，停在了办公桌前。

王鑫荣觉得尤钢这个小青年还算是个懂得规矩的年轻人。他指着桌前的凳子说："来，坐！你的情况我们都知道了，我们车间就这么几样工作，不好安排。车间里的几个领导也碰过头了，准备把你的要求报到厂里，厂里范围更大一些，也好安排。你呢，写一份申请，再把医院的诊断证书附在后面，后天交给我。"

王主任讲得很具体，态度也很和气，完全与上一次不同。这使他想起了阿福的话，看来是杨园园帮助他说话了。车间放人这一关算是通过了，可是送到厂里，好坏结果难猜，如果……看来这件事，还得去找杨园园，或许她还能再帮忙说上话。对，就这么办。下班后尤钢赶紧回家，抓紧时间写申请报告。

上一次去王鑫荣家，杨园园说了，王鑫荣不喝酒也不抽烟。尤钢心里在想，这一次该怎么去呢？送礼也不是件容易的事，这种事还得问大人。他去问他妈妈，他妈妈说："求他老婆帮忙，这礼品应该是送给他老婆的。女人的礼品最难买。你急不急？不急的话我去街上给她找找看。"

尤钢急忙回答："妈，我都急死了，后天就要把申请书交上去。"

"那就这样吧，买点营养品送给她。老尤啊，明天你去给孩子办办呗！"尤钢的妈妈看他急的那个样子也就不想多说了。

男主外，女主内。家里的事情，杨园园一把抓。厂里如果没有应酬，王鑫荣下班后，都是回家吃饭。晚饭后，他常常带着儿子到外面走走。他们俩出去了，杨园园留在家里收拾饭桌，将碗筷拿到厨房去刷洗。她似乎听到有人敲门。她停下正在刷洗的碗筷，侧耳向大门听去，是自己家的房门声。"这个人怎么这么糊涂，出门自己也不带钥匙。"杨园园以为是王鑫荣回来了。她一边用抹布擦着手，一边向大门口走去，心里还在想，今天他怎么刚出去就回来了。

尤钢立在王主任的家门口，心里七上八下地没有底，他是来看杨园园的，如果王主任在家可怎么办，他犹豫再三，还是敲响了他家的大门。他听到门里传出杨园园的说话声，他的心放下了一半，他判断王主任有可能不在家。

杨园园打开门，见门外立着的是尤钢。她喜出望外："小尤，是你啊！"

"杨姐，我过来看看你。"杨园园欢喜的样子也感染了尤钢，尤钢很有礼貌地向杨园园问候道。

"别立在这里啦，快进来坐。"杨园园把尤钢让进屋里。尤钢坐在了饭桌旁，把带来的礼品放在了桌子上。杨园园到厨房冲了一杯茶，端出来放在了尤钢的面前，见尤钢带来的东西就说道："小尤啊，我上次就跟你说过了，你来就来不要带东西，大姐喜欢你常来玩，不喜欢你老拿东西来。"

杨园园见尤钢年轻帅气又聪明懂事，对他颇有好感。上一次见过面，心里就一直放不下他，她现在一看到王鑫荣那副丑面孔，尤钢的俊俏形象就在眼前晃动，求美之心使得她的神经有些错乱。她看着尤钢动情地说道："你也不来，你可知道姐姐该多想你啊。"

"我知道杨姐你对我好，我这不是来看你了嘛。"

"你的工作有没有安排好？"杨园园关切地问道。

尤钢体会得出杨园园的确是关心他："谢谢姐姐帮忙，车间里已经同意给我调动工作了，王主任昨天找我谈过话，让我写份工作调动申请书。我写好了拿过来，想让姐姐看看行不行？"

尤钢说着就从衣服口袋里拿出一个信封，里面装着他写好的申请书和医院开的诊断证书。他将工作调动申请书取出来，用手展平递给杨园园看。

杨园园手里接过报告，嘴里却说道："我又看不懂。"其实，她心里却很想看看尤钢在申请里都说了些啥。尤钢对这份申请书花了不少工夫，字写得工整干净，只见他这样写道：

尊敬的领导：

我是钣焊车间的学徒工。进厂以后尊敬师傅，热爱本职工作，能在师傅的指导下认真完成任务。在工作中，由于身体不适应，经常感冒发烧，皮肤被弧光照射后，红肿发痒。常到医院看病，医院诊断我是弧光过敏症，不适应再做现在的工作。毛主席说："一不怕苦，二不怕死。"我是革命青年，轻伤不下火线，虽然现在我不适应做钣焊工，但我还可以做其他工作。我现在请求领导能够给我安排一个相应的工作。我一定会在新的工作岗位上好好工作，不辜负领导对我的希望。

　　此致

革命的敬礼！

钣焊车间：尤钢

19××年××月××日

　　杨园园看了尤钢写的调动工作的申请书，感觉有点像是一份战士的决心书，脑子里浮现出一个英雄炸碉堡的形象。她不高兴自己喜欢的人去死，只得怪王鑫荣不会办事，这么一点小事都搞不清，换换工作，还搞得这么麻烦。她担心地抬头看看尤钢。在杨园园低头专心地看尤钢写的工作调动申请书时，尤钢环视了一下房间，见墙上挂着一些照片，他把眼光停在了一张女孩子的照片上。杨园园看到尤钢正在看着自己年轻时的一张照片，她指着这张照片说道："这是我结婚以前照的，漂亮吧？我结婚前没有现在这么胖，生过孩子以后，也不知怎么搞的，就这么胖了。哎！要胖，喝凉水都胖。丑死人。"

　　"杨姐不丑，现在就是胖了一点，还是很漂亮的。"杨园园听尤钢说出这样温情的话，她笑了，她柔情地瞟了他一眼。借给他倒水的机会，在他的脸上摸了一下："就你的嘴巴会说话！"

　　尤钢对杨园园的突然袭击吓了一跳，他抬头看着杨园园傻傻地笑了笑，杨园园抿着嘴笑了，说道："傻样。"尤钢还是个不懂事的嫩黄瓜，任由杨园园如何调情，他除了被动地傻笑，不知如何应对才好。杨园园是个过来人，她看着尤钢还是个清水般透彻不谙世事的大男孩，心里颇感可爱。

80

王鑫荣带着儿子在外面转了一圈，回到家里，看到尤钢坐在自己家里的桌子旁，一股醋意由心底涌起，不高兴的表情挂在了脸上。王鑫荣能成功地从别人那里争取过来杨园园后，却在心里产生出了一种不应有的心理障碍，担心比他强的人将杨园园从他手里夺走。"文革"期间，他是造反派的头头，在他的心里有那么一种"美女配英雄"的感觉，带着杨园园走在街上，很有些自豪感。"文革"结束以后，他感觉自己的倒霉运来了，事事都不顺心。开始担心他的官位丢了，现在又担心他的老婆跑了。每一见到他的老婆和别的男人在一起，他的心里就吃醋发慌。今天看到老婆与尤钢坐在一起说话，心里很不好受。他知道尤钢是为了工作调动来找他的，他转念一想这件事看来是得快点办掉，使得尤钢这小子今后再没有理由到他家里来，这是个讨厌的家伙。他向尤钢问道："小尤，你的申请书写好了吗？"

尤钢见王主任回来了，从座位上站起来，礼貌地答道："王主任，我把申请书拿来了，请主任帮助看看行不行？"

王鑫荣接过尤钢递过来的申请书，凑在眼前认真地看了起来。"不错，写得很好，像个要革命的年轻人。"尤钢的申请书符合了王鑫荣的口味，方才厌烦别的男人来家里的情绪缓和了一些。

"王主任，你看行吗？"王鑫荣刚才说了写得可以，尤钢还问王鑫荣。尤钢是想用话引话，让王鑫荣再多说些情况。

王鑫荣讨厌他和自己的老婆在一起，想赶他走又不能明说："小尤啊，明天我拿着你的这些材料到厂部去给你好好说说，你这几天还是要好好地工作，不要急，有什么事情到我办公室里说。来家里传出去影响不好。"王鑫荣想了想，还是委婉地用话语赶他走了。

尤钢是个聪明人听出王鑫荣的意思："王主任，那就谢谢了！王主任，杨姐，那我就先走了，不打扰你们休息了。"

"杨姐"！怎么称呼起"杨姐"来了，王鑫荣听了很不顺耳："好，不送了。"王鑫荣此刻心里一肚子气，却又不好说出口。

杨园园和他恰好相反，看着尤钢要走，有点难舍难分："小尤！你慢走，以后有空再来。"王鑫荣很不满意地用眼睛斜睬了她一眼。

几天以后，袁组长找到尤钢，通知他到厂劳资科去一下，牛科长找他有事。尤钢一听就知道是工作调动的事，他按捺不住高兴的心情，向劳资科轻松地走去。在劳资科的办公室里，除了牛科长之外，车间王主任也在，两个人见尤钢来了，停下了原来正在说的话，转过头来，王鑫荣向牛科长介绍说："这个青年工人就是尤钢。"

尤钢有礼貌地先跟王鑫荣打招呼，又转过脸来与牛科长打招呼："牛科长！"尤钢这是第一次与牛科长见面。

牛科长招呼尤钢坐下，说道："王主任为你的事来过好几次了。你的困难我们也知道了。厂里有厂里的困难，上级领导对我们厂里各个车间部门都有一定的编制规定，不是可以随便变动的。最近供销科五金工具仓库的梁师傅退休了，我们开会研究决定把你调到那里工作。今天叫你来就是通知你，如果你没有什么意见，明天你就可以来办手续了。"

尤钢虽然是个学徒工，但是入厂这么久了他也知道，看仓库不是什么好工作，虽然工作轻松，但是工资低，这项工作一般都是用来照顾老弱病残的。自己还不至于到这步田地吧，他挠了挠头。可是，他又找不出什么不同意的理由，他想了想，觉得还是走到哪一步算哪一步吧，顺水推舟地说："听领导的安排。"

王鑫荣对牛科长说："尤钢这个青年是个好青年，他的申请书写得也很好。像这样的青年，今后有合适的工作要好好培养培养。"

尤钢觉得王鑫荣还是挺为自己说话的，虽然仓库这份工作不怎么样，但他们都还是尽力了呀。

牛科长说："那就这样吧。"牛科长这话是说给谁的，表达得很含糊。王鑫荣听了觉得是对他说的，尤钢听了觉得是对他说的。尤钢表示谢谢，自觉地先退了出来。

尤钢有点小聪明，他到五金库去上班，没过半年，就把那里的工作已经掌握得烂熟了。仓库里补充计划都是由尤钢编制好后报给科里的计划员。计划员将采购计划报给供销科顾科长批过后，交给采购员去落实采购。科里负责五金工具的采购员叫郎义。他跑业务真有两下子，人们给他起了个外号叫"采购郎"。采购郎成天在外面跑，不慎得了肝炎，发现时已经肝硬化，只得住院治疗。他的工作开始供销科顾科长让计划员来代管，计划员跑了两项业务后，向顾科长提出自己忙不过来，让顾科长再安排个人来做。

顾科长找到劳资科的牛科长，牛科长说："现在厂里到哪里去弄人去，要不让五金库里的尤钢先代管行不行？那个小青年，我看还是挺机灵的。"供销科顾科长觉得无奈，只好拿尤钢出来试试看。从此，尤钢又开始了新的工作。尤钢对仓库里的情况熟悉，采购工作很快也就上手熟练了。供销科顾科长对尤钢的工作表现还算满意。一天他到劳资科办事，顺便说起尤钢的工作，把尤钢正式调到了供销科里做采购员。

一个大型的全国订货会在广州召开，顾科长将通知书交给了尤钢，让他去参加，嘱咐他到外面出差要注意的一些事项。尤钢是第一次一个人出差，又是去广州，心里是又兴奋又紧张。

风行一时的大型订货会还是刚刚开始，从全国各地的厂矿企业来开会的代表，聚集在一起数千人或近万人，人多了就热闹，事情多，什么事都有。大会开得很简单，集合人员用了一个小时，从大会主席宣布开会到大会结束也才只用了两个小时。下面参加会议的人员开始业务活动，各个单位的业务人员去签订货合同，也都是几分钟的事情。一个星期的会期，代表们是找熟人、拉关系、会朋友、逛市场、游风景，干什么的都有，只要你别干违法的事，干什么都没有人管，会场内外忙忙碌碌的都是人。

尤钢从会场回到住所，见到和自己住在同室的黑龙江人早已回到房间。于是就找话题闲聊："蔡师傅，我看见他们有的人在这里买的电子表很不错啊。"

蔡师傅说："我听他们说了，有一个来开会的代表买了一块电子表，在街上不敢拿出来看，怕被抓走私的逮住，等他回到旅馆里打开来看时，报纸头里包的是一块瓦片头。他气得手指着街上跺着脚地骂。你说说看，钱已经被人骗去了，这个时候了，骂还有啥用。"

尤钢听了老蔡讲的这件事，心里感到很纳闷。"眼睛一眨，老母鸡变鸭"，天底下还真有这样的事：一个大活人，怎么就会眼睁睁地看着别人把钱从眼皮底下骗走了呢。尤钢当真是年轻人见识少，他没见到过广州的骗子卖电子表的动作，那才真叫作快。买电子表的人掏钱的工夫，骗子已经做完了手脚，交给买表人手里的基本上就是报纸包着的瓦片。骗子一手接过钱，一手将纸包塞到买表人的手里。然后，以极为紧张的表情推着买表人让他赶紧走，这时的骗子借势转身也跑了。受骗的都是外地人，当地人不上这个当。他也不敢骗当地人，怕惹麻烦。

尤钢是个聪明人，他听过老蔡讲的这件事，心里也有点数。这一天，在街上遇到了一个年轻人在兜售电子表，尤钢说要看看，这年轻人就把尤钢约到僻静处，掏出来一块给他看，尤钢接过来，放在手心里端详了一下说："这是块旧表。"

年轻人说："这可不是旧表，是放在口袋里时间长了，看上去不亮。你是不是真想要？"

"那当然啦，要不然跟你费什么工夫。"尤钢不满意地说。

"那好。"年轻人说着将手伸进另一个口袋，摸出两块新表来，托在手心里伸给尤钢看。

尤钢挑了一只，攥在手心里，问年轻人是什么价钱。年轻人想要把表拿回来再报价钱，尤钢不肯放。年轻人思量了一下，看着尤钢的脸试探地说："三十元。"

尤钢知道年轻人在蒙他，他想得以攻为守先吓吓他："你这是什么价？哪有这么贵。你要是不诚信卖，咱们就算了。"

年轻人见尤钢生气了，他不生气，仍然稳住态度反问道："你说是什么价？"

"和我一起的朋友刚刚买的，一模一样的，十五元。"尤钢也拿话来蒙年轻人。

年轻人觉得尤钢这个人有点难弄，电子表现在在他的手里，走不开，如果在这里纠缠时间长了也很危险。他生气地说："最少二十！"

尤钢觉得二十元也差不多了，他把早就准备好的钱从口袋里摸出来递给了年轻人，年轻人一手抓过钱转身走了。

尤钢回到旅馆拿出电子表来给老蔡看，他问老蔡："二十元买的，值不值？"

老蔡接过来，仔细地看了半天，回答道："今天真还叫你买着了，就这样的电子表，在我们那里要卖到六十多元。"

尤钢："你知不知道，在我们河阳多少钱一块？"

老蔡说："不知道，你们那地方的事，我哪里能知道。我猜想也差不了多少。"

尤钢觉得只买一块有点少了，想再买两块。可是，买了干什么用呢？他觉得他今天能干这项工作，多亏了杨园园的帮忙，应该借这个机会买一块电子表向她表示一下谢意。还有，今后还要在科里做下去，应该给科长带块电子表意思意思，今后好让他对自己多加关照。他拿定了主意就这么去做了。

尤钢也怕被人骗了，他每次在旅馆里准备好了钱，再去街上，每次只买一块。事也是凑巧，遇到上次那个年轻人在招揽生意，"怎么又是你啊？"尤钢问道，他觉得真有点意思，要买东西嘛，先搭几句话再说吧。

年轻人："你还要买吗？"

尤钢回答："你卖得太贵了。"

年轻人："你一次只买一只，多买就便宜了。"

"多少？"尤钢问。

年轻人回答："给你十八元一只。"

尤钢觉得降低得不够多："还要十八元呐！才降了两元钱。十八元我再买一只。你降得多，我就多买。"

年轻人看了看他，没有回答他的话，从口袋里摸出一块电子表来递给了尤钢。

尤钢一边查看一边还是和年轻人搭话："你怎么称呼？"

年轻人回答："虾仔人！"

尤钢听他回答，抬头看了他一眼："瞎宰！怪不得你的价格卖得这么高，原来是净宰人了，看人家不懂乱要价。"

虾仔人是广东人，他觉得这个北方人肯定是听不懂广东话，他解释道："年轻人啦，虾米的虾，仔就是对小孩和年轻人的称呼。我爸爸是渔民，海里的虾米多，说是给小孩起个这样的贱名好养，你以为是啥？"年轻人耐心地给他说。

其实，尤钢也是故意逗逗他寻开心："我没以为什么。"

尤钢从广州回来，白天在家里休息，到了傍晚时分，他洗了把脸，带上从广州捎回来的电子表，又在街上买了几斤苹果，去了杨园园家。

杨园园像平常一样，正在厨房里刷洗碗筷。看到尤钢拎着苹果来看她，从心里往外地高兴，一张脸都笑开了花。"哎哟，小尤这是什么风把你给吹来了。"

"杨姐，我刚出差回来，过来看看你。"尤钢恭维地赔着笑脸向杨园园说道。

杨园园一边用抹布擦着手，一边让道："快坐，我给你倒杯水。"

尤钢谦让地说："杨姐，快别忙活了，不用客气。"

杨园园说："我是说嘛，小尤怎么好久不来了，原来是在外面出差。现在的工作怎么样？"

尤钢说："挺好，我得好好谢谢你了。"

"看你说的，大姐不关照你，谁关照你。"

尤钢说："我在广州买了一块电子表，拿来送给你，不知道你喜不喜欢。"尤钢说着从口袋里摸出一块电子表，递给杨园园。

杨园园高兴地说："小尤真是个懂事人。"杨园园走过来，接过电子表，顺势将尤钢抱在怀里亲了一下。

以前出现过这样突然袭击，尤钢这次心里有准备。但是，他还是又惊又怕，而且有些难为情。他羞红了脸，嘴里只叫了一声："杨姐！"

杨园园看着尤钢羞红的面孔，使她联想起自己青年时代的美丽风姿，她留恋早已逝去的美丽时光和漂亮的形象，那时的她和现在的尤钢一样，清纯和阳光。她觉得自己生不逢时，嫁给了王大牙。她爱美，她苦苦求美的欲望，久久地压抑着她的心，得不到宣泄。她喜欢尤钢，是因为留恋自己的过去，怀念那些青春的时光。

杨园园的脸贴着他的脸，亲切地柔声细语地说："小尤，我真的很喜欢你呢！"

尤钢从杨园园那里出来，在楼下的门口遇到了阿福。阿福上身穿着一件白色衬衫，底边收在裤子里，下身套着一条蓝色牛仔裤，脚下踩着一双黑色牛皮鞋，用刷子擦得雪亮。阿福走到门口站住了，用眼睛向四下里观望了一下，他扫视四周的目光恰巧撞上了正向这边张望的尤钢的目光上。现在谁都看到了谁，想躲也躲不开了。"嗨，尤子！我们的尤干部又来走访啦。"阿福看到尤钢从王大牙的楼口里走出来，知道他又去了杨园园那里，他故意这样说。

尤钢见阿福与他打招呼，他向阿福这边走了过来，对着阿福上下看了又看，然后说："这是到哪去相亲呐，穿得这么漂亮。"

阿福笑笑答道："怎么着，还非得去相亲才能穿呐。"

尤钢最近听到人们在谈论阿福正与一个在街道企业里工作的姑娘谈恋爱，一打听才知道，这个姑娘叫金萍，人长得很不错，不仅相貌漂亮，也聪明干练，是个掐尖的人物。金萍看中了阿福人高马大，善良实在。尤钢半开玩笑半说事地说："对象怎么样？是西施啊，还是潘金莲呐？"

阿福说："是美人，怎么着，你嫉妒啊？"

尤钢答："我嫉妒啥，没有那份艳福。"

阿福听了尤钢的答话用眼神看了看他，又看了看杨园园住的那个单元门，回答道："你的艳福还浅呐，哥们提醒你一句，小心王大牙把你吃了！'油炸丸子'！"

尤钢笑了笑说："我和她又没有什么。"

阿福说："老是往她那里去，还说没什么？"

尤钢说："我头两天到广州出差，给她带了点东西，今天给她拿过来。又没有什么别的事情。"

阿福听尤钢说去了广州回来，他来了兴致对尤钢说："到底还是做干部好啊，连广州都去过了，听说广州那边很开放？"

尤钢回答："那是，比咱们这边热闹多了。"

阿福问："没弄点什么回来？"

尤钢答："买了块电子表。"尤钢说着把左手伸过来，给阿福看。

阿福抬起尤钢的手腕，去看电子表："啊呀，真不错！多少钱？"

"三十五。"尤钢有意地往高报了一个价，是想向人示弱，说明自己不会买东西，不在行，免得引起阿福的嫉妒心。

阿福却没有那么多想，只是好奇地接着问："带了几块回来？"

尤钢想把事情小化，已经说了买表只好接着说："就买了一块。"

阿福感到很惋惜地说:"好不容易去了一趟,怎么不多带几块回来。"

尤钢乱找了个理由说:"钱呢?带来谁要啊。"

阿福觉得现在能带块电子表很时髦。他给尤钢鼓劲地说:"那好,就你这样的表,下次你再去时,给我带一块来,我给你四十块钱,行吧。"

尤钢说:"行啊,当然行了,有钱赚还不好,谁不高兴啊,是不是?只是这个下次,还真不知道有没有呢?"

阿福帮助他支着说:"你不会去找个理由,跟领导讲讲再去一趟吗?"阿福看着他的脸以神秘的口气接着说,"你这表在太原街也有人卖,六十块钱一只。"

在太原街确实有卖电子表的。尤钢后来到太原街去摸了摸情况,他把自己手腕上的那块表取了下来,当时就在街上卖了。回到家里,他琢磨了琢磨,觉得阿福说得也有道理。如果一只平均能赚五十元,一次带二十只表,就是一千块,这可不是个小数字了。一年跑个十趟,就是万元户了。别看河阳这么大个城市,能有几个万元户。尤钢做起发财梦,人也觉得飘飘然了。

王鑫荣带着儿子回到家里,看到杨园园正在兴致勃勃地欣赏着手腕上的电子表。他走过来,扶着杨园园的手腕,很有兴趣地看了一番。好奇心驱使他想去把电子表搞个明白。王鑫荣不仅想要看看电子表是啥玩意,还想知道它是从哪儿来的,王鑫荣说:"是不错,哪儿来的?"

杨园园是个心眼直的人,不假思索地就说:"小尤从广州带来的。"

王鑫荣听说是尤钢给她带来的,心里酸溜溜的不是滋味。他没有把吃醋的心理表露出来，那样做会让杨园园觉得自己小气，心胸狭窄。他想了想才说："咱们可不能随便要人家的东西啊！咱们可跌不起这个跟头！"

杨园园听王鑫荣这么说，她马上就不高兴了："怎么啦，怎么啦！尤钢是我弟弟，送我一块手表，有什么关系啦！就你事多。你那点破事还值得一提呀？看你们那几年闹的，弄得老百姓吃不上穿不上，连个火柴、肥皂都要用票买，搞啥玩意儿了。你看现在多好，要啥有啥，只要有钱就能买。"

"还不是得用钱买！"王鑫荣心里不服气却又不敢说出过头的话。

杨园园接过他的话头说："钱也比那时候发得多呀。那时候，你一个月才拿几个钱，现在拿多少！"杨园园越说越气，嗓门也大了起来，吓得王鑫荣连连摇手求饶，他怕事情闹大了，带来更大的麻烦。

过了几天，尤钢想找个理由再去一次广州，他来到科长办公室，对科长说："顾科长，一金工的一台车床是广州的产品，主轴坏了。我们联系了好久，对方都没有答复。我看得人到那边当面办才行，一金工在等着用，您看怎么办？"

顾科长向他招招手，示意让他坐下说，他对尤钢说："小尤啊，如果需要去，还得去，你要辛苦点了，什么时候走啊？"

尤钢毕恭毕敬地坐在顾科长办公桌旁边的椅子上，回答道："如果科长批准，我下午就办手续，明天就走。"

顾科长说："小尤啊，你到了科里以后，工作表现得一直很不错。科里的几个领导对你评价都很好，希望你能再接再厉啊。"

顾科长的话表明了领导对尤钢的工作的认可，尤钢心里很高兴，谦虚地说："谢谢科长的指导帮助，我一定努力。"

顾科长表扬尤钢，除了尤钢的工作表现还算可以之外，他还有自己的私事拜托尤钢去办，他接着说："你去的时候，我还有件个人的事请你帮忙。"

尤钢听科长说"请他帮忙"，他觉得这话听起来不合适，他向科长说："顾科长，你可不能这么说，你安排的事情，我一定尽心全力地做好。"

尤钢明白，要和领导拉好关系，就需要多为领导办私事，这是最有效的途径。尤钢巴不得能有这样的机会，他又诚心地向顾科长说道："科长，按私交你是我的长辈，你的事情，你不说我也应该给你办好的。"

尤钢上次从广州回来，送给顾科长一块电子表。顾科长的老婆看到以后也很喜欢。只是嫌它是男式的，个头太大，戴在她的手上不合适。她对顾科长说，你们科里今后谁再去广州，给她带块女式的，样子好看些的，价钱高点无所谓，她有钱。现在尤钢要去广州，这件事顾科长就托付给尤钢了。

尤钢在广州找到了年轻人，他们两个人谈好了价格，年轻人就把他带到了自己的家里，他拿出装电子表的纸板箱，叫尤钢过来自己去挑。尤钢算了算自己带来的钱，挑出二十几块电子表，一列排开放在桌子上，让年轻人点过数字，装进了自己的挎包里。在这二十几块电子表中，给顾科长夫人的那一块女式表，样子最好，价格也是最高。他希望能够让科长知道，他是个会办事的人，今后能得到科长进一步赏识和信任。年轻人看尤钢是个大户头，是把他当作财神来看。尤钢要走的时候，年轻人为拉住生意，他特意请尤钢吃了一顿饭，他热情地握着尤钢的手，摇了又摇，一再地嘱咐他："哥们，你够朋友！你以后需要什么，就来找我。"

年轻人热情的招待感动了尤钢，他拉着年轻人的手，对他信誓旦旦地说："年轻人，哥们你瞧好了！以后你能到河阳来，不用找别人，就来找我，哥们一定会好好地招待你。"

在以后的日子里，尤钢常常与顾科长商量，找理由往广州跑。开始别人以为他是在为厂里的业务到广州去，觉得他辛苦了。其实，只有供销科的顾科长才知道到底是怎么回事。但是他不说，别人也不知道。

常言道：没有不透风的墙。日子久了，也不知是怎么回事，在厂里就有了传言：有人说尤钢在外面倒卖电子表。这种传言一旦刮起，很快就在厂里散布开了。"捉贼要捉赃，捉奸要捉双"，传言尽管是传言，但是谁也没有具体看到尤钢是怎么倒卖电子表的，也只能认为这些都是别人在瞎猜，没有实际意义。

一个极为平常的日子，阳光还是那样明媚，上班的人流还是那样拥挤，尤钢和往日一样，进了办公室里，他先放下手里的包，然后拿起两只热水瓶，去热水房打热水。当他再次走进办公室时，正碰见小苗从办公室里走出来，小苗停下来对尤钢说道："唉，小尤！科长叫你到他办公室去一下。"

尤钢以为科长有什么工作要布置给他，他不敢迟疑，放下热水瓶，马上去了科长办公室。顾科长也是刚到，正用抹布擦桌子，他见尤钢敲门进来，对尤钢说："刚才，保卫科的徐科长打电话来，说是让你过去一趟，有什么事情向你了解一下。"

尤钢一听是保卫科找他，心里咯噔一下，保卫科是大家都不喜欢的地方。这个地方找他还能有什么好事？可是，想想自己也没有干什么违法的事情，没做亏心事，不怕鬼叫门嘛。他大着胆子继续问了一句："什么时候去？"

其实，顾科长也不知道保卫科叫他是为了什么事，心里也有些好奇。与保卫科有关联的事总是让人觉得不舒服，他也不便直接去问，只好先让尤钢去了再说："你现在如果没有别的要紧事的话，就去吧，他现在还在那边等着你呐。"

"好吧。"尤钢没有回办公室，直接就去了保卫科。

在保卫科的办公室里，除了徐科长之外，还有两位从公安局来的民警——雷同志和贺同志。尤钢敲门进来，徐科长向民警介绍道："这个小青年就是尤钢。"

民警雷同志指着一只凳子说："你先坐下来，我们有点情况，想向你了解一下，你一定要据实地讲。"贺同志坐在桌子旁在做记录，徐科长从另外一个办公室拎了一把椅子，坐在了门口，似乎是怕尤钢会从门口逃跑了似的。

尤钢自小到大没见过这样的场面，他的心里紧张了起来。

雷同志例行公事地开始问了起来："姓名、年龄？……"

"你去过广州吗？有没有买过电子表？"

到了这个时候，尤钢明白了，对于对方的问话，如果答得不对将会带来极大的麻烦。在他的心里，对雷同志的问话充满了警惕，他时刻都在警告着自己，不要落入雷同志设置的圈套陷阱里去。但是他在回答雷同志的问话时，他的嘴里说的却和他的心里想的不一致，嘴巴随着雷同志的调子走。

雷同志问："你把手表给了对方？你只答，是或不是，就可以了。"

尤钢的回答："是。"

雷同志问："他就把钱给了你，是不是？"

尤钢先回答说："是。"他又觉得这样的回答不合适，马上反悔了，又改口说："不是！"

雷同志不满意了，他提高了嗓门问道："你要如实地说，是不是有的收了钱，有的没有收钱，没有收钱的都送给了谁？"

徐二狗坐在门口，也帮腔插言地说："你要端正态度，把事情讲清楚，你把电子手表都送给了谁？"

尤钢被问住了，他觉得怎么回答都不好办，如果说"是"，就要被戴上"投机倒把"的帽子；如果说"不是"，不收钱，那你又要说清楚，你为什么要白送给他。这种事就更加解释不清楚了。他不说话了。他现在明显地感觉到，对方的每一句问话，都在把他向犯罪的方向引导。他的心里充满了恐惧，脑子里乱成了一锅粥。恐惧的心情使得他的脸色越来越难看。他想让自己的心安静下来，想用镇静来战胜恐惧。他极力想稳住自己的心情，摆脱对方的诱导，防止落入对方所设的陷阱里。但是，他所有的努力都为时已晚。

尤钢去拿杯子喝了几口水，他利用喝水的时间，回忆了一下刚才的答话，发现自己确实已经掉进对方挖的坑里了。他放下水杯，马上推翻了刚才的全部问话。

两位民警很富有经验，他们似乎早就知道会有这种情况发生。这个时候，他们相互地看了看尤钢，没有表态，似乎是在用眼睛交换了意见。他们觉得现有的材料已经基本可以定性了。再说下去，也就是个程度问题，无所谓了。

坐在门口的徐二狗看尤钢要翻供，他沉不住气了，从坐着的凳子上跳了起来，走到地当中，指着尤钢的鼻子，跺着脚高声骂道："尤钢！你不老实，你敢不老实！我就送你去坐大牢，让你去坐三年五年的牢房，看你还老实不老实！"

徐二狗发誓要叫尤钢去坐牢，而且还是去坐上好几年的牢。徐二狗可不是说空话的人。后来，在厂里讨论研究尤钢的问题时候，徐二狗提出了他的处理方案："要求判尤钢有期徒刑五年。"但是他的方案没有得到其他领导的支持。

到了中午吃饭的时候了，徐二狗没有让尤钢去吃饭。他吩咐保卫科的麻干事打来一份饭，让他看着尤钢在保卫科里吃饭。然而，徐二狗带着两位民警下馆子去了。在饭店里，他们一直吃到下午两点多钟才算罢休。三个人前脚跟着后脚，鱼贯式地走出饭店，一路上，摇晃着一身的酒气，兴奋得满脸发着红光，一嘴的油光，嘻嘻哈哈，说说笑笑地走回了办公室。

尤钢去了保卫科，好一阵子没有回来，顾科长原本以为他去去就来，没想到他去了一个上午了还没回来，觉得有问题，他电话打到保卫科问道："尤钢还在你们那里吗？"

徐二狗接的电话："是啊。顾科长有事吗？"

顾科长回答道："是有事，尤钢在干吗？什么时候能回来？"

徐二狗回答："他有些问题需要讲讲清楚，一时半会儿还不能回去。顾科长，他的工作你暂时先安排别人吧。"

"是谁的问题，是他的问题吗？他平时表现得还很不错啊，他会有什么问题呢？"顾科长怀疑自己听错了，疑惑地问道。

徐二狗做保卫科长，时间已经很久了，工作套路极为熟悉，他觉得顾科长说话太幼稚，坏人就是披着羊皮的狼，不能被坏人的伪装给骗了，他说："顾科长，这正说明他很会伪装，拿出一副假面孔来做给别人看，让别人以为他就是个大好人，其实，他背地里净做坏事。"

顾科长听了徐二狗的话，感到难以理解，不就是那么一个小学徒工嘛，能有多大的本事，至于那么复杂嘛，他看徐二狗办事太左，言过其实，太夸张了。他放下电话，不满意地嘀咕道："这个徐保长，拿着鸡毛当令箭。"

下班以后，厂里的职工都走了。尤钢在徐二狗、麻干事和两位警察的监押下，去了他的办公室。徐二狗说："把你的办公桌抽屉全打开。"徐二狗希望能够找到尤钢行贿的证据，如果能揪出个受贿对象来，他这回的功劳就更大了。尤钢掏出钥匙递给了徐二狗，徐二狗没有接，他恶狠狠地说："你自己把它都打开！"

尤钢站在一旁，看着他们去翻自己桌子里的东西。终于，徐二狗科长在一个本子里，抖出一个东西出来。他从地上拾起来一看，是一张女孩子的照片。他把照片拿给尤钢看，抖着照片质问道："这是怎么回事？乱七八糟的！"他以为尤钢这个人太乱，可能还存在男女关系问题，他以巡视的目光看了他一眼。他没有想到，看到的却是尤钢正以更加鄙视的目光盯着他看。徐二狗觉得后背好像被吹过一阵冷风，不由地打了一个寒战。

尤钢没有立即回话。这是一张尤钢中学时代同桌的照片。今年参加同学会的时候，他本想带去给大家看看，毕业后这几年，大家都有了多大的变化。当时他到处翻都没有找到，今天却被他们翻了出来。只是他觉得徐二狗这个人叫人感到恶心、无耻、下流。在现在这样的情况下，他想还是什么也不要说得好，越解释他们就会越认为他态度不老实。在这一天的时间里，就这么大点事，他们车轱辘话，审问了好几次。问题是他们对照几次的问话记录，尤钢讲得都不一样，他们以为尤钢不老实，还有什么东西隐瞒着没有讲。尤钢的态度把徐二狗给气疯了，他在办公室里，指着尤钢的鼻子，跺着脚地骂道："你不老实，我要重重地处罚你！"徐二狗一不做二不休，当天晚上就把尤钢送到了公安局关了一夜。第二天，徐二狗决定把尤钢送去劳动教养二十天。

知道尤钢被送去劳动教养，杨园园带着水果去看望过他，人家不让她进，把她挡在了门外，她很不满意，对徐二狗的做法很气愤。杨园园看不成尤钢，她只好拎着东西往回走了，气得她不坐车了，沿着路边慢慢地走，一路上她咒天咒地，咒得徐二狗不得好死。人到了家了，气都还没有消。

王鑫荣知道杨园园去看望尤钢，他对她这种做法很不满意，他对杨园园说："尤钢现在是一摊臭狗屎，别人都怕沾着，躲得远远的，你倒好，还要自己主动凑上去。"

杨园园气愤地对王鑫荣说："什么臭狗屎啊！那还不是徐二狗弄出来的事！他这个狗东西只会干坏事。好人都被他做成坏人了。"她又接着说："你说说看，在你们厂里，还能有几个像小尤这样好的年轻人，如果像他这样的人都会是坏人，还有好人吗？这个徐二狗唯恐天下不乱。"

王鑫荣向杨园园解释道："这也是他的工作嘛！他说尤钢是搞投机倒把。"

杨园园说："什么投机倒把？哪个人出差没带过东西？他徐二狗出差就没带过东西吗？他怎么就不算是投机倒把了？他又是个什么

东西!"

王鑫荣看杨园园越说越生气,他安慰她说:"小尤还年轻,以后回来再好好干,还是有前途的。"

杨园园说:"就是因为他年纪轻轻就背上这么一个坏分子的包袱,以后还有什么前途?这个徐二狗害人不浅呐!他说别人是坏人,我看他才是真正坏的人。他把好好的一个人弄成坏人,对他有什么好处,净给社会制造麻烦。"

二十 警 钟

王鑫荣不赞成她的观点，他说："如果是坏人，还是要管的，不然社会不就乱了。"王鑫荣对杨园园总是护着尤钢，心里不自觉地产生了一种醋意，他总感觉到尤钢好像是自己的情敌，当然他不能确定这是真的。但是，他凭着直觉认为尤钢对自己还是存在着威胁。因此，造成了他的变态心理，他很乐观地看着尤钢能够遇到这种倒霉的事。尤钢越倒霉他越高兴，他躲在一旁看热闹，幸灾乐祸。但是，杨园园刚才说的话给王鑫荣敲了一个警钟，他不能不对徐二狗另眼相看了。这个徐二狗可不是一般人，不能再小瞧他了，他完全有办法把一个好人整成一个"坏人"。这一点对于王鑫荣很重要，这件事情告诉王鑫荣，徐二狗是个煞星，不可以随意去招惹他，免得被他带来杀身之祸。

对于徐二狗，王鑫荣想好了自己的主意，他想要和徐二狗交个朋友。选了一个下班的日子，王鑫荣给徐二狗打了一个电话，约他去吃酒。他们约在聚英楼大酒店，王鑫荣和徐二狗在一间小包房里落座。酒菜上来以后，王鑫荣端起酒杯，高举过眉，放大嗓门地说道："今天，难得能请到徐科长来喝酒，兄弟万幸！"他先寒暄了几句后，接着又说："我今天请你来喝酒，有两个原因：一是为了徐科长最近的工作成绩庆功；第二点嘛，是我代表车间里聘请徐科长担当我们联营厂的厂长！"临结尾他把声调扬了上去，以此向徐二狗表示出他的鲜明态度。

听王鑫荣话语说得如此客气，徐二狗马上立起身来，激动得双手抱拳，连连地躬身谢道："王主任真是抬举老弟了，谢谢，真的！我衷心地谢谢！"他嘴巴上说着客气话，心里可是在盘算着，这个联营厂长有些什么待遇，他很想听听王鑫荣后面话语里的具体含义。

王鑫荣看徐二狗很领情，他也就不转弯子了，干脆单刀直入地说道："我们车间与乡镇企业合办的联营厂，需要委派个领导去做厂长。车间里的几个领导研究后认为，自己车间里没有合适的人选。在厂里的这许多人中，只有徐科长最合适。在那边具体的工作，我们车间都会安排另外的人去做。你只是去挂帅，你能够镇得住阵脚。你呀，一个月里只去一两次看看就行了。"王鑫荣把徐二狗去那里充当什么角色介绍完，又告诉了他的工作报酬：拿乡镇企业厂长的工资，每个月发一次工资，年底还有分红。

这样一份美差，突然落在了徐二狗的头上，使他感到既意外又惊喜，他露出满意的笑容说道："王主任，恭敬不如从命。王主任这样看得起我，我怎么好意思拒绝呢。"他毫不谦让地接受了王鑫荣送给他的这份厚礼，他知道王大牙不是白给的人物，他这样做必然有他的打算。

两个人称兄道弟，把酒喝到脸红耳热的时候，互相开始说起大话了。也不一定全是大话，或许是推心置腹的心里话，那也有可能。

王鑫荣拿起酒杯，向着徐二狗敬酒的同时，他说："酒逢知己千杯少，咱们兄弟俩脾气相投，说得来。老徐！我对你说句实实在在的话，你听了别见外。就你们那个部门，清水衙门！没有油水。哥们我就是想要和你交个朋友，才把这个很有油水的'肥缺'，让你来做。"

这时的徐二狗也毫不含糊，他立时站起身来，双手抱拳作揖，也是一番豪言壮语，他说："王主任的心意小弟领了，哥们在此深表感谢！哥们是个粗人，不会讲那些绕弯弯的话。哥们直来直去，你待我好，我也会待你好的。咱们日久见人心，今后你有用得着哥们的地方，哥们一定会两肋插刀，倾全力相助。如有二心，我就不是人。"徐二狗还真把自己当个人物看了。

两个人心情舒畅，说笑之间，一桌子的酒菜，被二人吃得所剩无几。他们终于摇摇晃晃地站起身来，东倒西歪地向家走去，尚未走到家，就将方才吃喝下去的东西吐出了大半。这两个人也真是个人物，吃下去的都是喷香的美酒佳肴，吐出来的竟成一堆难闻的污垢。

二十天以后，尤钢从劳教所里放了出来，很有效果，他比以前干工作更加积极了。第二天，他到供销科报到。顾科长说："小尤啊，你这次把事情闹大了，很有影响。原来的工作现在暂时是不能再做了，你先回到仓库里去做几天吧。说实在的，我们科里对你的工作表现评价都很不错，这次遇到了挫折，你可不能就此泄气哦！现在还在风头上，你先在那边躲躲再说吧。"

尤钢很感谢顾科长的关照。

阿福听说尤钢回来上班了，他到仓库里去看他。在仓库里和尤钢搭班的，是个快要退休的老师傅，人们都叫她黄师母。在阿福推门进来的时候，黄师母看到了，她用手指了一下门的方向，对尤钢说："你的好朋友过来看你了。"

尤钢扭过头来看是阿福就问道："你怎么会找到这里来了？"

阿福一边向里走，一边笑着答道："那还不容易，我猜都猜得到。"

"你的朋友挺关心你啊。"黄师母一边对尤钢说，一边站起来，要给阿福去拿凳子，阿福急忙抢上几步，接过黄师母手中的凳子说："我自己来。"

阿福坐在了他们的一旁，黄师母看看他们二人说："你看看，都是多好的年轻人啊。"

阿福说："好啥好，都倒霉死了。"

黄师母说："这也是，没遇上好人嘛。有没有听说？"

阿福看了看黄师母，反问道："你说的是啥事啊？什么有没有听说？"

黄师母看了看他二人，又看了看门，神秘兮兮地压低了声音，悄悄地说："我听别人说的，前些日子，市里想要从企业里选拔一个人做河滨区的区长。听别人说的，这个消息传到徐二狗的耳朵里，他很想当。恰好这个时候，他抓住了尤钢的这件事，想就此立个大功，也算是个当区长的条件嘛！你说小尤该有多倒霉，事情让他给赶上了，要不然也不会对他处理得这么狠。"

尤钢听她这么说，不大相信，哪有这么巧的事，他对她说："你听谁瞎说的，别散布小道消息。"

阿福听了，觉得这种事，徐二狗这种人干得出来，他很气愤地说："这个徐保长，也真够损的了，拿了别人的前途去换自己的前途，真卑鄙！"

阿福担心尤钢听了生气，他安慰他说："尤子，别怕！这山不养爷，自有养爷处。咱们还怕他！当工人的，到哪里都是干活吃饭。

现在又不是以前了，还怕没处干活吃饭！"

几个月以后，徐二狗科长还是徐二狗科长，他没有当成徐二狗区长。但是，王鑫荣对他的承诺确实兑现了，他挂名做了联营厂的厂长，每个月去联营厂拿一次工资。有时候，他也会去两次，那是为了再拿些礼品回家。

徐保长虽然没有做成徐区长，但是他后来还是在厂里大红大紫了。原因是他给厂长帮了一个大忙。现在的厂长姓胡，名字叫胡正，是从外省调来的。干工作有胆量，有魄力。什么叫胆量？就是敢干！他进厂后不久，就把几个与他意见不一致的干部拿掉了。这些人都是他干事情的障碍，拿掉算了。其中包括厂卫生院，撤掉了周院长，换上了他的老婆张川花做了院长。

最近，卫生院里出事了，张川花在卫生院里和要好的几个人拿医药品回扣露馅了。区检察院抓走了药房里的小闵，已经好几天了人还没有回来。这件事情在厂里传得都神了。有人说要抓的第二个人，就是张川花。风声传到胡厂长的耳朵里，让他坐不住了。这几天里，他为了这件事吃不下，睡不着，担心张川花真的会被抓去。

胡正从徐保长处理尤钢的这件事，找到了解决问题的办法。他用电话叫来徐二狗。他招呼徐二狗坐下，又亲自给他倒了一杯茶水，放在了他的身边。然后，才开始谈起工作方面的琐碎小事，他把要紧的事放在后面再说。这和运动员参加比赛一样，先做热身运动，前面的动作不要紧，重要的是参加比赛。胡正说："老徐呀，我们厂里几千名职工，每天都有不少的职工到卫生院看病。这几天，因为小闵的事搅得卫生院上上下下不得安宁，也影响了厂里的工作。我今天找你来就是想和你研究一下，你处理这方面的事情有经验，谈谈你的看法，有什么办法解决？"

徐二狗说："和检察院协商一下，把这件事交给我们单位自己解决，就好办了。"

徐二狗的话，正说在了胡正的心坎上了。他说："这事交给你办，行吗？"

"胡厂长，这事你交给我办，就是对我的信任和考验，我一定办好，决不会辜负领导对我的期望。"

胡厂长听了徐二狗的表态，心里平静了许多。为了帮助徐二狗把这件事情办得圆满，胡厂长又特别嘱咐他说："你要用车、用钱，跟我说一声。"

徐二狗答道："我明白，现在我就与他们联系。"

胡厂长说："好吧，那我就不影响你了。"

徐二狗进厂是从勤杂工做起的，经过几年的努力，他从一个勤杂工，做到了厂保卫科科长，不是一件容易的事，他在做人处事方面，还是很有些办法的。胡厂长今天找他，尽管没有把话语说得那么冠冕堂皇，其实胡厂长心里在想啥，徐二狗心里都明白。当前，最让胡厂长闹心的事，就是卫生院的事。对于这些，他也是早有耳闻。徐二狗觉得这是个机会，正是他与胡厂长拉近关系的好时机，不能错过。如何经营与领导的关系，徐二狗还是个老手。

徐二狗走出厂长办公室，他打电话去约了几个办案的人员吃饭，当天用车把他们拉到了香园大酒店。菜是徐二狗点的，专挑那些海参、鱼翅、鸡鸭鱼肉有名堂上档次的菜，整了一桌。徐二狗第一次与这三位检察官在一起吃饭，不知道他们喝什么酒。徐二狗征求他们的意见："钟检，三位朋友！咱们今天整点什么酒？"

钟检察长故作姿态推诿地说道："徐科，酒就算了，都不会喝酒，吃点饭就行了。"

徐二狗哪里会相信他们不会喝酒，只是假装客气罢了。他说："无酒不成席，哪能没有酒呢？"既然他们那样说了，他也得说话客气些，不能把话说硬了。他随和地说："那好，咱们少弄一点，先搞瓶茅台吧。尝尝味道怎么样？"

三位检察官，嘴里都说是不会喝酒，一瓶茅台就喝没了。再添两瓶吧，还是没落下。当他们酒喝到有两分感觉的时候，钟检察长开口说话了："徐科，今天你请我们来，不会是光为了喝酒吧？"

钟检察长的话说得直接，徐二狗就不能直接地对话了，如果那样一来，两个人说得不对路，这顿饭钱可就白花了。他斟酌了一下才说道："这几天，你们为了我们厂里的事情，忙里忙外很辛苦，我们也没有很好地招待你们，我们觉得很过意不去。为了这事，厂长今天把我叫去，好一顿批评。我们工作没有做到位，今天补上。我陪三位领导，今天吃好喝好就是任务，你们满意，就算我的工作做好了。"

钟检说："听你这么说，咱就请你转告胡厂长了，谢谢他的好意。借你们的酒，我这里敬胡厂长一杯！"

"好，好！干！"

徐二狗说："谢啥呀！你们来这里，也是在为我们做事嘛。来，我替胡厂长回敬一杯。"

"干！"

"干！"

徐二狗看大家吃得高兴，话语说得也投机，他觉得到了该说正

106

经事的时候了。他清了一下嗓子，端起酒杯站了起来，对大家说："今天呐，胡厂长本来也要来的，想和大家一起喝一盅。后来，临时来了几个上级领导，到厂检查工作，胡厂长现在在开会，来不成了。他委托我，让我代表我们胡厂长给大家敬一杯。来，我敬大家，我先干了！"

徐二狗一仰头，酒杯见了底。

"好！"三位检察官齐声叫道。

徐二狗放下酒杯，坐了下来说道："这几天，厂里卫生院的事，一直劳烦大家辛苦了，实在是我们的责任，我们对职工的教育没有做到位。说起来这件事情也算不上是什么大事情，只是在厂里造成的影响大，弄得厂里人心惶惶，在群众当中说什么的都有。这不就是影响了当前安定团结的大好局面了嘛，同时也影响了厂里的生产。胡厂长为这件事很着急，让我与你们商量商量，看看行不行？"徐二狗说到这里停了下来，用他的眼睛一个一个看他们三位检察官的反应如何。

钟检说："你们单位里有没有什么打算，那么你说说看怎么办？"

徐二狗觉得他们聪明，把球又踢回来了，让自己先表态。他感觉这事有商量的余地。他接着说："我想了一个不成熟的意见，说给你们听听，我想这样做对你们也很有利。"徐二狗先说对他们有好处，然后再说正文。稳住他们才好商量："这件事交给我们厂里自己来处理，'治病救人，惩前毖后'嘛，既可以帮助犯错误的同志，又可以教育广大群众，这样意义更大一些，你们也轻松了许多。钟检察长，你们看看这样做，行不行？"

钟检察长瞧徐二狗说得很认真，知道这不是他个人的意见，是他们厂里有这样的打算。他又看了看一起来的同伴的反应，见他们两个人，当时没有表示反对意见，他才以很沉稳的口气对徐二狗说："你的这种说法，不是不行，别的事还好说，立案以后，我们现在已经查出了有十五万多元的回扣，这些钱是要上交国库的。"

等钟检察长说完，徐二狗沉思了半天，才接过话头来说："这笔钱我向领导汇报一下。钱不会有问题的，可以先由我们厂里给垫上。当然，他们这些人的问题，我们厂里一定会严肃处理的，绝不会姑息。"

钟检察长说："支票我们不要，要付现金。"

徐二狗说："那也行，我回去马上就办。办好了，我就给你拿过来。"

钟检长表示同意。

小林和小白看着钟检与徐二狗的谈话，听说要把案子交给他们单位自己处理，心里画了个问号。小林想，会不会被包庇；小白想，会不会被报复。他们谁也没有说出自己的担忧，怕说错了，影响自己的前途。

徐二狗看钟检同意了，心里非常高兴，他回身高声叫道："服务员！"

一个女服务员迈着小碎步快速地走了过来，她来到徐二狗的身边，含着微笑礼貌地问道："先生，需要什么？"

徐二狗神气十足地大声说道："拿八条大中华香烟！"

"好，请先生略等。"女服务员点了点头，说完就去拿烟了。

徐二狗为何要拿八条，他是想以"公平合理、人手一份"的办法，让三位客人收下香烟，他自己也拿了一份。徐二狗知道，只要对方肯吃肯拿，事情就算是成功了。香烟送来以后，徐二狗才跟着服务员去柜台结账。徐二狗站在柜台外，探着身子，压低了声音说："发票上，多给我开三千！"

收银员抬起头看了一眼徐二狗，她知道，这种人是社会油子，饭局上的白吃老手，吃饭不用自己花钱，还要趁机捞一把。徐二狗与柜台里的收银员耳语一番，他直起身来转头向饭桌看去。他是想知道，他离开饭桌后，那三位会有什么表现。三位检察官没有在意他的离开，依旧地吃着、说着、笑着，小白拿起香烟看了一下说："现在这东西，是真是假都不好说。"

小林说："既然是给我们的，我看还是快点把它收起来好，放在这里不好看。"

他们觉得小林说得对，大家也不言语，手脚麻利地把桌子上的香烟放进了自己的包里。

吃完了饭，徐二狗看看时间还早，他说道："现在回家还早，咱们去玩玩吧！"

小林和小白都是年轻人，贪玩。钟检看了一下手表，确实还早。

徐二狗有一副天生的好肚皮，又有这份口福，这几年没少白吃。要说去玩，什么都行，就是唱歌不行，他没有这方面的天赋。无论是一首多么好听的歌，从他的嘴里唱出来，那可真比驴叫犬啸都难听。今天，他完全是为了帮助胡厂长救他的老婆，厚了脸皮要与三位检察官套近乎，拉关系，要陪着他们玩得高兴，才能把事情办好嘛。

这方面的活动，还是需要年轻人来安排才好，他们看中了一家KTV，就走了进去。门口的礼仪小姐，见来的是四位客人，就领着他们来到一间中等大小的包房。走到门口，小姐站住了，用手示意四位客人请进，并问道："要请几位小姐来陪唱？"

徐二狗没来过卡拉 OK 厅，不懂这里的规矩，他不敢贸然答话，他想他们比我见识广，还是让他们说吧。他含着笑脸向他们征求意见说："你们看几个好？"

钟检觉得这种娱乐场所，年轻人去得多，他问小白和小林："你们说！"

小白和小林相互看了看，好像是谦让，也好像是征求对方的意见，他们两个人对视了一下以后，觉得不叫，怕服务跟不上，叫多了有点像嫖妓，那就走了味了。小白以征求大家意见的口气说："要不，咱们就叫一个吧？"

徐二狗马上迎合着说："那好，咱们就先叫一个。"大家见徐二狗也这么说，也就默许了。徐二狗见大家没有异议，他转过头来大声地对礼仪小姐说："要一个会唱的。"

礼仪小姐走了。过了一会儿时间，一个小姐走了过来，她敲门进来，自我介绍道："我姓刘，叫孟霞。"她向大家说："欢迎大家能来，希望玩得高兴。"

徐二狗抓把瓜子，躲在一旁看他们唱歌，感到无聊。当他看见他们那股热乎劲发挥得差不多了的时候，徐二狗才插嘴说话："老唱也挺累，大家歇歇，我来出个谜语大家猜猜。"

孟霞每天陪着客人唱歌，自然对于唱歌已经十分腻烦，希望客人能够出些新花样，让大家高兴高兴。她听徐二狗要说谜语，马上拍手赞成。徐二狗主要是陪三位检察官来玩的，他看他们有兴趣，他才肯说。他就清了一下嗓子说道："我可说啦，大家听清了，说是有这么个东西，'一头有毛一头光，戳到里面冒白浆'。打一生活行为。"

徐二狗的谜语刚说出口，孟霞就涨红了脸，不满地骂道："下流!"

徐二狗早就料到了，会有这样的情况，他马上回道："你瞧瞧，想歪了，是不是? 我就知道你会想歪了。"

孟霞的脸更红了，气得她低下头，不再理他。三位检察官也是面面相觑，觉得这个谜语不大好听。徐二狗见大家都不说话，他也不再吱声了。他把头低下来偷眼向四个人看去，心里想这四个人肯定猜不出谜底，只会越想越歪。他想，反正是做游戏嘛，还是早点告诉他们算了。他先问道："猜不出吧?"他停了一下，咳嗽了一声，接着又说："我来说吧，就是'刷牙'啊!"徐二狗怕大家听不明白，他又伸直了一只食指，在嘴角边比画着，"刷牙!"他又补充地说。大家都向他的嘴看去。

孟霞接过他的话口，故意臭他说："你是得好好地刷刷了，臭嘴巴!"孟霞觉得，她终于找到机会为自己出了一口恶气，她说完得意地看了他一眼。

小白和小林看他俩斗嘴，开心地笑了，钟检没有什么表示。大家听了徐二狗的谜底，才觉得像是从迷雾里走了出来一般，脸上露出舒缓的笑容。

徐二狗看大家高兴，他好像是得了鼓舞似的，凑趣地说："我再说一个。"

孟霞听他还要再说一个，她高一声低一声地阻止他再说："说什么说! 狗嘴里吐不出象牙来。"

"徐科长的嘴，那肯定是吐不出象牙来。"钟检也跟着说了一句玩笑话。

小林和小白听了钟检的话，忍不住扑哧地笑了出来。孟霞见他俩笑得蹊跷，知道这里面必有些缘故，她拉了拉坐在自己身边的小白问道："他说什么呢？就那么好笑？"

小白凑近孟霞的耳朵边，小声地说："你猜我笑啥？我跟你说吧，徐科长的名字就叫徐二狗！"小白还用他的下巴，向徐二狗的方向指了指。

孟霞用眼睛看了看小白，见他不像是瞎说，她用手掩住嘴巴强隐住笑，悄声地对小白说道："还有叫这种名字的，是真的吗？"她接着又问道："那么，他的哥哥是不是要叫徐大狗啦？"

小白被她这样一问，当时倒真的被问住了，他扭过头来对着孟霞看了看，说道："那倒不一定吧！或许是他爸爸叫徐大狗呢。"

孟霞被小白这样一副认真的回答给逗得实在憋不住了，笑得前仰后合。

徐二狗见他俩在那边，叽叽咕咕，又说又笑，总感觉好像是在说他。他拿起身边的水壶，想以倒水的名义，过去探个明白。孟霞见徐二狗拎着水壶向她走来，她马上立起身，推门走了出去。气得徐二狗牙根发痒，心里狠狠地骂道：臭婊子！

第二天，徐二狗到胡厂长办公室汇报情况，胡厂长问他："怎么样？"

徐二狗说，"没问题，搞定！"

"那就好。"胡厂长给徐二狗倒了一杯茶，示意让他坐下慢慢说。他对徐二狗说："讲讲详细情况。"

徐二狗把昨天的事情经过，挑好听的说给胡厂长听。徐二狗说：

"这笔钱要得急，给现金，还只是写个收条。"

胡厂长说："这么大的一笔现金，还只是打收条，财务账怎么做？他们这是给我们出难题呀！"

"可不能这么说。他们能答应这么做就很好了。钱的事情得自己想办法。"徐二狗看厂长有点生气，他倒为厂长急起来了，他给厂长出主意，他说："要不这样，你看行不行，咱们厂里到熊岳去搞一车苹果来，给职工们分分。再把这笔钱打到苹果里，让那边开一张发票来，账就做平了。"

"你说的这个办法也可行，我看还是你去办吧，不要让别人插手了。"胡厂长特欣赏徐二狗的这个机灵劲儿，他嘱咐徐二狗不要让别人知道。

这些事情都不是可以见阳光的事情，知道的人越少越好。

"明白，我明白！你放心，除了你和我，别人都不会知道。"徐二狗很明白胡厂长在担心什么。徐二狗就是希望看到他的担心，这才使他感觉到他在他的心目中有什么分量。"我这就准备一下，明天就去熊岳。"

"好！那你去吧，有事给我打电话。"胡厂长觉得，这件事需要抓紧办，宜早不宜迟，夜长梦多。他进一步嘱咐徐二狗，要抓紧抓稳地办好这件事，不要节外生枝出岔子。

胡厂长利用手中的权力，在徐二狗的帮助下，花了厂里十五万元钱，保住了他的老婆——张川花平安无事地度过了这一关。为了这件事，全厂职工借光吃了一次苹果。真好笑！

事情传到阿福的耳朵里，他很气愤，气愤极了。不知为啥，他吃了胡厂长给发的苹果还生气。他气愤地骂道："徐保长啊，徐保长！你可真不是个东西，'有辫子的不抓，倒抓了和尚'。"阿福认为最应该蹲大牢的人，应该是徐保长。徐保长贪污受贿的事还少吗？阿福是在为尤钢打抱不平。

胡正自从当上了厂长之后，桃花运旺，厂里厂外的花边新闻传说很多。真正被证实了的传闻，是他与叶枫岚的那段风情轶事。后来叶枫岚去了国外，胡正进了牢房。一段情缘，换了他一生的罪孽。他的罪名是贪污加受贿。

徐二狗却始终没有事，人们都说他是条大鲶鱼，"滑得很"呐。

二十一　高博士

又过了几个月，尤钢向顾科长递交了一份停薪留职的报告，顾科长与尤钢做了一次长谈，顾科长说："小尤啊，你现在的心情我很理解，我们科里的几个领导对你的看法都不差。你这次犯的错误影响太大，我们这样的安排也是为了你好，希望你能理解。现在国家的形势和以前不同了，企业可以选择职工，职工也可以选择企业。我尊重你的个人选择，你出去了并不一定是坏事。"顾科长说到这里停了下来，他看了看脸色凝重的尤钢，心里想，人也要走了，还说那么多干啥，还是说两句开心的话吧："小尤啊，你出去会干好的，以后发了财可不要忘了我们啊！"

尤钢离开工厂以后，他去了广州。在广州，他找到年轻人，和他联手做起了电子产品的生意。几年下来，年轻人发了财，尤钢从北到南跑来跑去，也赚了几个辛苦钱。

尤钢的生意做得很顺，他回河阳休息了几天之后，又去了广州。到了广州，他给年轻人打了个电话。年轻人接到电话，说他马上过来。

尤钢在门口等年轻人，见出租车上下来两个人，是年轻人和一个中年男人，那个人和年轻人差不多的高矮胖瘦和肤色，鼻子上架着一副眼镜，有几分文静，像个有文化的人。在以前尤钢没有见过他。年轻人过来与尤钢握手，并指着那个中年人，向尤钢介绍道："这是我的表哥，高博士。"

高博士向尤钢伸过手来握着尤钢的手，一边热情地摇着，一边自我介绍："鄙人姓高，名高羽，字长飞，号广宇。"尤钢被高博士一连串的名称介绍搞昏了头，他从来就没有见到过有这样做自我介绍的，有点头晕，他疑惑地看着高博士，又转过头来看看年轻人，觉得年轻人带来的这个人有点怪怪的。

年轻人看尤钢好像不明白，他马上出面帮助高博士解释说："他是大学教授，讲起话来总是这样，文绉绉地叫人听起来感觉不舒服。"

尤钢听说他是大学教授，感到有些拘谨，产生出一种莫名其妙的自卑。他觉得虾仔将这样的人物介绍给他，也算是看得起他，颇为激动地对虾仔说："好！你能有这样的表哥，真厉害，佩服！"

对于别人的吹捧，高博士连忙摆摆手说："早就不教书了，那是以前的事，现在我是在广宇古博物馆里搞点研究工作。"

虾仔看尤钢对高博士有几分敬意，心里也很得意，继续向尤钢介绍说："人家是历史学博士，写过许多论文呢！都是专门研究甲骨文的。甲骨文你知不知道？像这个'日'字，"虾仔指着天上的太阳，又在自己的手心上用指头写了一个'日'字，问尤钢说，"甲骨文怎么写？"

尤钢哪里懂得甲骨文，他又没有学过，怎么会知道写法。尤钢反问道："我不知道，你说怎么写？"

虾仔说："先画一个圆圈，中间点一个点，就是'日'字，也表示'太阳'。"他又在自己的手心上比画着，给尤钢做着解释。

"哦！"尤钢今天才知道，远古时期的象形文字，"日"字是这样写的。

虾仔在尤钢面前故意充博学，他继续炫耀着，对尤钢做着讲解说："圆圈中的那个点，就是太阳神。"

尤钢不解地问道："神，怎么就是一个点啊？"

高博士向尤钢解释说："中国的太阳神，我们的祖先叫它金乌，是一只黑色的鸟，三只脚。"

虾仔怕尤钢还不明白，进一步解释说："就是乌鸦！三只脚的。"

"嘿，嘿！你说啥呢，你说啥呢？"年轻人说的话把尤钢给激怒了，"什么乌鸦？你说什么呢？"

虾仔在尤钢面前说甲骨文，原本是想在他面前显摆显摆，却意外地触了霉头。尤钢是刚被戴过帽子，他不想再有帽子往头上戴。

虾仔被尤钢突然间的生气镇住了。过了一会儿，他才恍然醒悟，自己不假思索贸然出口的话，是出了偏差。他心慌了，红着脸，低下了头，不敢再说话。

高博士见聊天没办法继续下去了，如果对这句话真的较真下去，也确实是个问题。在这个时候应该出来帮他一把，为他解围。他问尤钢："你还没吃饭吧？咱们去吃饭吧！"他故意把刚才的话题岔开来说。

虾仔赶紧接过话头说："对，对！你看看，咱们净站在这里说话了，怎么把吃饭的事都忘了，咱们去吃饭。"

尤钢只是和他做生意，哪里管得了其他的事，他不要虾仔这样说下去，是怕他说的错话，连累到自己身上。虾仔不说了，他也气消了。自然还是吃饭要紧，什么事也比不上吃饭要紧，三个人商量着到哪去吃饭。

他们找了一家大排档，坐下来，边喝酒边闲聊。虾仔说："他的广宇古博物馆里面收集了许多很好的东西，等有时间我带你去到他那里看看。"

高博士摆摆手说："现在还不能去，地方太小，里边的东西多，太乱。等以后我扩建的工作搞好了，欢迎你们来参观指导。"

虾仔说："还没搞好吗？"

高博士说："主要是缺资金嘛，要不然早就好了。"

虾仔说："那怎么办？"

高博士说："我也是在考虑，我那有一样东西，我想拿出来换成资金。"

虾仔问："是什么东西？说说看。"

高博士说："是一件难得稀世珍宝，夜壶！是慈禧太后的大管家用过的，全世界唯一一件。"

尤钢对过去的东西不大懂，他在学校读书的那段时间，就是历史课最不行，成绩差。比如说有一次历史考试，试题很一般，是选择题；题目是：

"唐宋元（   ），答案是：（A）清明（B）明清。"

尤钢看了题目感到好笑，老师出这么简单的题目来考学生，清明年年过，这个谁还不知道，他拿起笔来就填了个 A。结果老师在考卷讲评时说："我们有的同学概念模糊，'唐宋元明清'是历史朝代，'清明'是民俗佳节，是两个概念。"

"慈禧太后"这个名字，尤钢熟悉，他知道她是个很有权势的老太婆。有一年，他去颐和园游玩，就知道了这个老太婆，这么大的一个花园都是她的。她有钱，她的管家那也错不了，钱也不会少，他用的夜壶，不是金子做的，那也是银子打的，那肯定是很值钱。

尤钢还真是头一次听到有这么回事，觉得很了不起，对这个夜壶有些恭维起来了。同时他也觉得虾仔了不起了，连慈禧太后的大管家用过的夜壶，他都见过，真了不起。他对高博士更加是佩服得五体投地，博士，了不起！见多识广，有学问。他正在那里胡思乱想，嘴巴却不由自主地说道："东西很值钱吧？"

虾仔看尤钢鬼迷心窍地在那里胡思乱想，他趁热打铁继续引导他说："那当然了！历史上有几个慈禧啊？能给慈禧当管家，那还得了！他用的东西和皇上用的差不多了，不是一般的玩意儿，都是很值钱的。"说了半天的话，虾仔就是没有说出值多少钱。这可吊起了尤钢的胃口，弄得他就是想知道这个玩意究竟值多少钱？好奇心驱使他跟着虾仔的话语走。

高博士说："文物这东西，也是一项投资，小本大利。像这个夜壶，文物价值很高，专家们评估不低于六十万。"

"哇，这么贵呀！"尤钢觉得这个东西，也就是用来撒撒尿，怎么会这么贵，感到不可思议。

虾仔继续给他灌输倒卖文物的思想，他说："是的，这种东西将来还会贵。"

高博士说："我的古博物馆要扩建，需要用钱，不然是不会卖的。你要是有心能帮助我们一下，这个夜壶我可以以最低六万的价格给你。"

诱惑人的东西又以诱惑人的价格展示在尤钢面前，使得尤钢动了心，他很想买下来，但是，他对这个不懂，叫他一时间拿不出主意。他向他们说："让我想想。"

　　吃完饭回到旅馆，他就琢磨这件事，想找谁商量商量。他想来想去，想了半天，最终还是给阿福打了个电话。他将今天遇见的这件事情，一五一十地向阿福诉说了一遍。

　　阿福问："你说是哪个的大管家？"

　　尤钢说："慈禧太后的，这个人你有没有听说过？"

　　阿福说："慈禧太后的？是不是李莲英？"

　　尤钢答："哦，可能是他。"

　　阿福说："嗨！他是个太监，太监也能用上夜壶？"

　　"太监！"尤钢吃了一惊。

　　"李莲英，太监！"阿福肯定地对尤钢说，他又反问道，"太监也能用上夜壶？"

　　"啊！"尤钢听到这里才醒悟了过来。他想到，这件事可能是虾仔和高博士合着伙在骗他。一时间气得他火冒三丈。由此他又想起了，这几年来，他在与虾仔做生意的过程中，没少被他欺骗。而这一次，虾仔的做法更加过分，这不是设了圈套让他进吗？虽说现在在阿福的提醒下识破了他的阴谋，但常在河边走难免不湿鞋，这样下去，今后不一定什么时候，终难免落入他的圈套。既然如此，还是早做打算为好。第二天，尤钢避开夜壶的事不谈，只和他商量落实生意上的事抓紧办理。广州的事情都落实好了，他邀请虾仔到一家大酒店吃了一顿。酒席宴上，虾仔问起夜壶的事，他推脱家里有急事，明天就准备回去，那些事等以后再说吧，就离开了广州。

　　自那以后，尤钢放弃了广州的生意，在家里休息了几个月。后来，托人介绍进了一家企业做业务工作。在这期间，有朋友来邀请他去做钢材生意，他推脱说不懂钢材生意，没有参与。后来，那位朋友就栽在了钢材生意里，几年辛苦赚来的几十万都丢在了里面，弄得人是寻死觅活，不得安宁。商场如战场，成功与失败，都在一念之间。商场上的风险，要靠自己的眼睛亮，一旦掉到陷阱里，想爬上来就费劲了。

二十二　幸福门业

阿福和文慧，几年不见心情激动，姐弟俩说了大半宿的话，到了后半夜才睡去。

第二天一大早，阿福就按照姐姐指点的方向去了秦志富的厂里。正巧秦志富送客人走到门口，在他与客人道别时，他看到了阿福走进来。他颇感意外，他一面与客人握手歉意地说："我有个朋友来了，非常抱歉，不能远送你们了。"一面又和阿福打招呼，两个客人也看到了走过来的阿福。秦志富送走了客人，回身拉着阿福的手，把他让进自己的办公室，又倒上一杯茶水放在了阿福的面前，慢慢地说起了这几年的生活。

阿福说："你们的公司怎么起了个这么土气的名字。"

秦志富说："俺爹就看好了这个名字了，都是受了你的名字启发。他说咱们办厂就是围绕着'福'字做文章，我想了想，就起了这个名字——河阳幸福门业有限公司。俺说是不是太土了点。俺爹说这个名字好，他说越土才越能够体现中国的特色。中国人看着觉得土气，外国人看着可就是洋了呢。这个道理也对，我们说人家是外国人，外国人也说我们是'外国人'，他们总不会说我们是他们的本国人吧。外国人不就是洋人嘛，洋人的东西还能不洋？咱就按照老爷子的意思办了。俺们申请的商标也是个'福'字。中国人就喜欢'福'字嘛。"

"福临门！"阿福轻声念道。

"对了，就是这个意思。"秦志富说。

秦志富带着阿福在厂里转了一大圈，到各处看看。最后来到财务处，他指着一位妇女说："这是我的媳妇。"周惠媛见秦志富带进一个人来，向她介绍说："小周，我给你介绍一下。"周惠媛就赶紧从办公桌旁站了起来，走了过来。秦志富指着阿福说："这就是俺以前对你说过的朋友阿福，大名叫吴文福。"

周惠媛向阿福伸出手表示欢迎说："是吴大哥！听说过，咱爸也常常提起你。"周惠媛拉过一把椅子，热情地对阿福让道："你快请坐！"

话说到这里，阿福突然想起一件事来，刚才在厂里转了一圈，怎么没有见到秦大公，他向秦志富问道："怎么没见到大叔？"

秦志富回答："自从搬到新厂以后，俺爹就把厂里的事全都交给俺两口子了。他说他要回家照顾俺娘去了，厂里的事就不管了。"

秦志富很自豪地向阿福介绍说："俺媳妇叫周惠媛，她帮俺在这里管家，周惠媛这人挺好的。"秦志富知道阿福回来后还没有工作，他让阿福到他的厂里来上班。阿福正在这困难的时候能够得到秦志富的关心，心里充满了对秦志富的感激之情。在辞别的时候，阿福拉着秦志富的手久久不放，舌头在嘴里寻找了半天，竟找不到合适的词语来表达自己当时的心情，却在不经意中，把平时喝酒时的话语搬了出来："哥们够意思。"

秦志富与周惠媛相识，完全是一种意外的巧合。他们本来是在两个单位工作，因为点业务上的事情，却促成了他们这一对年轻人的姻缘。

几年前，从市财会学校毕业的周惠媛，在大华机械厂的财务处做了一名会计。大华机械厂在幸福门业公司订做了一套厂大门。大门在安装的那几天，周惠媛在出入厂门时，看见一个青年师傅带着几个师傅，忙忙碌碌地在干活，她不认识秦志富，只觉得这个小师傅干活挺勤快的。

完工以后，秦志富去财务处拿钱。周惠媛以为他顶多是个带班的生产组长，她很谨慎地说："工程结算款，不是随便什么人都可以拿的，要你们老板过来拿钱。"

财务处里有认识秦志富的人，向周惠媛解释道："你不认识他啊！他就是秦老板的儿子，小秦老板。"

秦志富对着别人的介绍，只是憨憨地笑着答道："他在家里，让我出来办事。"

出乎周惠媛的预料，他也会是老板。在周惠媛的想象当中，老板的形象不应该是这样。老板应该是挺个大肚皮的大胖子，穿件西装不系领带，胳肢窝里夹个黑色的公文包，手指缝里插根香烟，吆三喝四地招呼别人干活，自己是动口不动手，指手画脚地在一边观看。而秦志富不是这样，她对秦志富初步有个好印象。她觉得这是个干实事的人，只有这样的人才会有作为。

秦志富在周惠媛这里碰了钉子，不但没有生气，反而对周惠媛的看法很好，觉得周惠媛工作负责，这样的人靠得住，两个人无意中交上了朋友。秦志富是个一根筋的人，不会谈恋爱，两个人也就是轧马路，街上吃吃饭，看个电影。秦志富买了电影票约周惠媛，周惠媛都是准时准点地到，从来都不失信。周惠媛约秦志富，他却没有痛快地赴约过。不是迟到，就是不来。周惠媛对他产生了看法，她心里想，这个人啥意思？诚心呢？

有一部新电影上映，周惠媛买了电影票约秦志富一起去看，秦志富也答应了。在电影院门口，周惠媛却没有等到他，她很气愤，直接就去了他的单位。

公司门口，是刘大爷做门卫在看门。周惠媛说来找人。

刘大爷说："公司早就下班了，里面没有人了，你找谁？"

周惠媛说："我找秦志富！"

刘大爷说："找我们老板啊，他在前面的饭馆里陪客户吃饭。"

周惠媛问："在哪里？"

刘大爷说："会宾楼！出门往左拐，有个大牌子，你出了门就能看到。"

周惠媛出门向左，找到了会宾楼，也找到了秦志富。

秦志富正陪着两个客人在吃酒。他没有吃醉，他的脑子还很清楚。他见周惠媛来了，他想起来了，今天是应该去看电影。他没有去，他错了。他连忙站起来，把周惠媛让了进来，向客人介绍说："这是我的同学！"

两个客人比他清醒，没有把她当作同学看。明白那是他的女朋友，或许是对象，肯定还不是老婆。若是老婆，他就不能当同学来介绍了。两位客人喝了一点酒，但是没有喝多，这是人家懂得事理，在外面做客，不能喝醉了酒，那是丢人现眼的丑事，不能干。接下来，他们两人好像商量好了似的，一起站起来，向秦志富说："明天我们还有工作要做，今天就到这里吧，我们先回去休息了，你们再坐会儿。"客人表现得非常明事理。

　　两位客人说是"你们再坐会儿"，托词走了。其实，他们是有意把地方留给了秦志富和周惠媛。秦志富今天喝多了，他摇摇晃晃地站起来，他向客人表示一定要送送他们，走到门口他又折了回来。他知道他不能走，还没买单呢。今天他的酒是喝得多了一点，可是，人还没有糊涂。

　　秦志富违约，没有去看电影，使周惠媛产生了许多想法。最放心不下的是"男人有钱就学坏"。她赶过来就是想看看他到底是在干啥。如果说他是在做着那些不三不四的事情，她就和他一刀两断，她一定会这样做的，她最看不上花心的男人。

　　现在，她看明白了，他为了工作，舍命陪君子，陪着客人喝得烂醉，她又心疼了，她担心他喝坏了身体。这个时候，她感觉自己很尴尬，她不知道自己该怎么样说话才好了。她上去扶他坐下，倒了一杯茶水，劝说道："以后少喝点，会伤身体的。先喝杯茶水，等醒醒酒，歇一会儿再走吧。"

　　"没事，我没喝多。"秦志富怕丢面子，不肯服输地说。

　　自那以后，他喝酒确实克制了许多。

　　秦志富说他的公司里缺少一个靠得住的会计，请她来做。她辞掉了原来的工作，来到了秦志富的公司里做会计。后来，他们就结婚了。婚后，周惠媛还是在公司里主管财务工作，秦志富不在家时，她代管公司里的全面工作。两个人生有一个儿子，孩子很争气，学习不用大人操心，总在班级里排在前几名。现在儿子一天天长大了，对生活有了自己的看法：他不想老是依赖大人，要培养自己独立生活的能力，将来要自己创业。他最瞧不起那些啃老族，说他们是大人肚子里的"蛔虫"，没出息。他后来，联络了几个同学做生意，自已解决了学杂费。周惠媛知道了又心疼又高兴，她觉得这样的儿子有希望。

　　阿福回不了家，就搬到了公司的单身宿舍里住下了。工作也还顺利，空闲的时候到秦志富的办公室里坐坐，说些解闷的闲话。

二十三　贪杯被骗

这一天，秦志富对阿福说："我这几天忙，有件事想让你去办一下。"秦志富向阿福解释说，在金州开发区有一家企业，还欠他两万元的余款，已经到期了。他一直没有时间去拿，想让阿福跑一趟代他拿回来。秦志富把事情讲了个一清二楚，并一再地交代他注意哪些事项。

阿福满口答应说："没事，你放心，不就是去把钱拿回来嘛，这点小事肯定能办好。"阿福当天办好了出差的手续，揣上介绍信，第二天就去了金州。

金州这家公司是个私营企业，老板姓张，名字叫张太山，他最大的特点是黑眼仁小，白眼仁大。又因为他办事缺德，人们送给他一个外号叫"白眼狼张三"。大家都这样叫他。"白眼狼张三"见阿福拿着介绍信来要钱，他觉得这是个新人，以前没见过，他得先给秦志富打了个电话，核实有没有这回事。

张三得到了肯定的回答，他见不是秦志富本人来拿钱，来的是个陌生人，他的眼珠子一转，就想出个坏主意来。他放下电话，热情地对阿福说道："快先坐下来说，你看你跑了这么远的路来拿钱，说实在的，我们心里真是过意不去。现在吧，手里的现金没有那么多，要不给你办张汇票吧！你也可以带回去入账的。"

阿福以前办过汇票，知道是怎么回事，就爽快地答应了："行!"他同意了张三的安排。

张三叫财务赶紧给阿福办张两万元的汇票。阿福拿到汇票，心里很高兴，把它小心地放进了自己带的包里。张三在一旁特别着重地对阿福说："你可放好了，不要弄丢了。"

阿福拍拍自己的皮包说："没问题!"

出纳对他看了看，笑了笑，没有说话，她拿起桌上阿福签过字的付款凭证和介绍信别在一起，小心翼翼地把它放进了文件柜。

张三拉着阿福的手说："来一趟不容易，先别走了，晚上一起吃点饭喝点酒，休息一天，明天再回去吧。"阿福嘴馋，听说人家要请他吃饭，他就真的没有走，留下和他们一起去吃酒。

下班以后，张三约了几个朋友拉上阿福，找了一家普通的小饭店，包下一张桌子，点下一桌子的家常菜又要上三瓶二锅头，开始吃了起来。来的人都挺热心，说阿福是客人，我们是主人，主人要尽到主人之情意，几个主人，挨着个儿地向阿福敬酒。

这个说："见面三杯酒。"

那个说："你吃了他的不吃我的，你是不是看不起我。"

阿福架不住别人劝，盛情难却，拒绝谁也不好，只得一杯杯地将这些高度烈酒倒进自己的肚里。那高浓度的酒精，人哪能受得了。张三在一旁看着几个朋友向阿福劝酒，心中暗暗地念道："倒，倒，倒!"果不其然，没用了多久，阿福就醉倒在了桌子上。张三走过来拍拍阿福的后背说道："怎么喝得这么急?"见阿福是真的醉了，才叫过来两个朋友帮助架着他，用汽车送到旅馆里安置睡下。

阿福昨天喝得太多，也喝得太快，睡了一夜醒来，酒力还没有完全消失，仍旧觉得头晕难过。他躺在床上，直挨到将近中午了才起来清理了一下东西，退房走人了。

他回到河阳时，天色已晚，由于昨天的酒喝得不舒服，今天的晚饭胡乱弄了点东西吃了，洗把脸，就早早地睡了。

第二天上班，他夹着皮包到厂里来交差。他感觉这次事情办得很顺利，没费什么事就将欠款拿到手了，这反而使他想起了自己在辽阳的那笔欠款，要了几年也没要完。他心里同时有着两种不同的滋味，他为了平静一下自己不平静的心情，用力地咳嗽了一下，清了清嗓子，嘴里哼着小曲，迈着方步走进了财务处。他将皮包往桌上一放，脸上露出成功者得意的笑容，隔着柜台对周惠媛说："我回来了。"

周惠媛看他这样一副神态，知道事情办得一定很顺利，她说道："回来了，钱拿到了吧？"

"拿到了。"阿福一边回答，一边拉开皮包去取汇票。当他的手插进皮包里时，感觉是空的，没有摸到汇票。他赶忙两手拉开皮包，往里看是空的，没有汇票。他不敢相信这是真的，他又把包倒扣过来，向下倒倒，还是没有倒出东西来。这时他傻眼了，立马急得他涨红了脸，口里喃喃地说："我明明是把汇票放在了包里，怎么会没了，怎么就会没了？"

周惠媛看着他着急的样子，又闻到他身上，还没有散尽的酒气。她提醒他说："是不是真的给你了？路上会不会被人偷去？你别急，好好想想！"

这回他的头可真的晕了，比喝醉了酒还晕，都找不着北了。以前，本来还都很清晰的形象，现在怎么竟然都模糊起来了。又经周惠媛这一问，使他觉得那些事情，都好像是在梦里发生的一样，他都确定不了哪个是真实的，哪个是虚幻的。他手里捏着空包，站在一边，回想着这几天的事情经历，从他拿到汇票，到今天也就是三天的时间，在这段时间里，他吃了一顿酒，坐了一趟车，睡了两个觉。是哪个环节上出的问题呢？阿福真不是做侦探的料！他不知道用什么方法，才能从那些事情的蛛丝马迹中找出个头绪来。他只是在自己触手可及的范围内，去翻找自己的东西，但都是徒劳。汇票不在他的手里，他如何能翻得出来。

阿福丢失汇票的事，传到秦志富的耳朵里，他把阿福叫到办公室，了解相关的情况。阿福尴尬地坐在秦志富的对面，他对秦志富说："明明拿到了一份汇票，怎么就会没有了呢？"他彻底糊涂了。他对这件事情，已经说不清，道不明了。他情绪沮丧地耷拉着头，没啥说的，他想是自己的责任，事已如此，任凭秦志富去处置吧。

秦志富听了阿福讲的情况后，决定自己去一趟金州，搞清楚是怎么回事。

张三陪着秦志富来到财务室，出纳将付款凭证和介绍信从文件柜里拿出来，交给秦志富看。他接过来看了看，付款凭证上赫然签着"吴文福"三个字。张三站在一旁，看着秦志富的反应，他见秦志富看到了阿福的签字，他故作惊异地说："怎么！真的丢了，不会吧？我一再提醒过他，仔细放好，你问问他们。"张三将手向周围的人一比画，接着说："我看阿福这个人，就是有点毛愣愣的，不稳当。不过，汇票这东西真是不好说。"张三有意将话说了一半，不把话讲完，他推脱有事将秦志富放在财务室，他自己转身走了。

"这东西"三个字，触到了秦志富的心思，他怀疑事情怎么能这么巧？他看不出张三这边有什么破绽。他对阿福的行为产生了疑心，却又找不到说明什么的证据，又能怎么办？他除了疑虑重重，还对丢失的那一笔钱感到痛心，那是一大堆钱啊！丢了，真可惜了。把它扔到水里也还能听个响声，现在可倒好，丢得窝囊。

阿福自从弄丢了汇票，心里一直感到很有压力，他觉得有点对不住秦志富。秦志富两口子对自己还是很够朋友，钱弄丢了，他们对自己也没说什么。越是这样，阿福越是觉得过意不去。他明白是自己喝酒惹的祸，这么多钱让他赔，他是拿不出来的，他再继续在幸福门业厂里待下去，觉得很尴尬。终于有一天，他向秦志富主动提出辞职，不做了。被弄丢的钱他说他以后赚了钱就赔给厂里。

秦志富觉得这时候让阿福走了，有点不仁义，于是他极力地挽留阿福，不让他走，他说："你要到哪里去？能在这里做你就做下去。钱丢就丢了，算了，就当没那回事，谁也没有埋怨你。"

阿福是个要脸的人，出了这样丢脸的事，不是这样挽留就能把他留下。他把手里正在做的工作向秦志富交代清楚，回到住所整理好自己的东西，当初怎么样走进来的，现在又怎么样走了出去。

二十四　二次回到姐姐家

阿福拖着行李回了自己的家。金萍与王广林坐在客厅里，电视开着，两个人正在聊天，说着自己心里想说的一些闲话。王广林见阿福拖着行李进了屋，马上立起身来和阿福打招呼："阿福回来了!"接着就转过身来要与金萍告别，阿福只是应了一声，也没说什么客气话。金萍送王广林到门口，又叽叽咕咕地说了一阵子话，才算分手。

金萍回进屋里，笑容满面地向阿福说道："这一阵子在外面干得可好?"

阿福见金萍高兴他也高兴："还行。"

金萍急切想到的是钱，也不用拐弯抹角了，开口问道："拿回多少钱来?"

阿福怕的就是这个"钱"字，金萍既然问到了，回避是回避不了了，实事求是地说吧，说多了，拿不出来更麻烦："钱，我来拿。"阿福说着拉开行李，手向里面探去，摸了一阵子，摸出一本储蓄存折来，交给了金萍。

金萍接过存折翻开来看。"啪!"的一声，金萍将存折拍在了桌子上。立刻大怒，举手竖起一个指头，指着阿福的鼻子破口骂道："你就拿这么点钱来，哄谁呀!"

金萍一将钱与阿福联系起来，就想起了那个野娘们。她认定了阿福把赚的钱给了那个野娘们，留下这么一点钱拿回来哄她。想到这里，一股恶气向脑门冲来，她按捺不住心中的怒火，霍地立起身来，愤恨地冲上去，抬起一脚，将行李踢翻在阿福的脚旁。她气得回转身，大踏步地回了卧室，"呼！"地把房门重重地关上，不再理会阿福。

吓得阿福痴呆呆地立在地当中不敢动，过了好半晌才缓过神来。他觉得自己忽悠一下，从天上落入了万丈深渊。他无助地蹲下了身子，两手抱着头，蹲在那里。他似乎正在收集全身的能量，把它集聚到头部，使他产生一次核聚变，让那巨大的力量去解决任何难题。

金萍躲进里屋，她越想越委屈，她恨阿福，在外面养野娘们，不养家。家里的日子全靠她一个人撑着，辛苦不算还被别人欺负，她咽不下这口气。她坐在床边拿着手帕抹眼泪，嘤嘤地低声哭泣。她哭，哭给谁看？给天看？给地看？给自己看？阿福被关在门外，只听到她嘤嘤的哭声，哭得揪心。

这一回，白眼狼张三可把他害苦了。阿福抱着头蹲在地上待了好一阵子，等屋子里寂静无声了，他才将气喘匀了，脑子里也好像清楚了许多。在这样的气氛下，要想在家里住下，那是肯定不行了。他刚从秦志富那里出来，不能再马上回去。阿福思来想去，只剩下去姐姐文慧家里这一条路了。阿福看看关着门的卧室，无奈地摇摇头，随后叫了一声："我走了！"然后，拖着行李，迈着沉重的脚步，离开了家。

姐姐文慧又看见弟弟阿福哭丧着脸、拖着行李进了屋。她奇怪地问："你不是在秦志富那里干得好好的，怎么就回来了呢？"

　　阿福在姐姐家里坐下来后，将他进了河阳幸福门业有限公司以后的生活情况，后来如何丢了钱，如何辞了职，回到家里遇到金萍等，如此这番地说了一遍。文慧听阿福说，也随着他的话语，如此这番地激动了一番。听完了阿福又被金萍赶出家门的情节，她的心里生出许多气愤来。看到弟弟那副受委屈的样子，她的心软了，不能在这个时候再火上浇油，压住心中的怒火安慰弟弟。她端过一杯水来放在阿福面前，对他说道："你别心急，先在我家里住下，明天我去找弟妹说说好话。"

　　第二天，文慧去了金萍家，她与金萍唠家嗑，她不说盐咸，不说醋酸，只说些希望他们夫妻俩和和美美地过日子的话。女人爱钱，金萍这个人就是个典型的例子，她把一个铜板看得比磨盘都大，在这个时候，更加是坚持一条邪路走到黑，对阿福是寸步不让。文慧苦口婆心地劝说了几日，金萍是"老茄子不进油盐"，哪里还能劝得进。她一口咬定阿福赚的钱不养家，都给了外面的野娘们。金萍的要求简单直白："要想和好，拿钱来。"文慧几天的劝和工作没有成功，弟弟阿福没有别的去处，只好继续待在文慧家里。

　　姐姐文慧家里的经济情况也不算好。姐夫宋广元原来在厂汽车班开车，整日里随着汽车东奔西跑，太辛苦的工作造坏了身体。几年前的一个大冬天，天寒地冻，外出跑车，赶任务干活时出了一身热汗。干完活歇下来人又着了凉，剧冷剧热引发了脑出血，被送进医院抢救。出院后，他的中风偏瘫一直没有恢复，完全失去了生活自理的能力。文慧为了照顾他的生活，自己也办了提前退休。过了不久，一直没有上班的宋广元也办了病退。两个人前后下岗退休，每个月靠拿不多点的退休金过日子。由于退得早，能拿到的退休金也很少，手里的钱少，日子过得很苦。

困难的不仅仅是钱少，住的房子也小。家里除了他们老两口，还有一个既没有工作，又没有出嫁的女儿待在家里。现在阿福又住进来，你可以想象得出来那样的日子怎么过啊！可是现在事情临上门了，文慧只好和老宋商量，让阿福与他住在一个房间里，她到女儿的房里睡。老宋想想阿福与老婆闹矛盾，现在只是暂时在这里住上几天，也就是几天的事，虽不情愿，但也没有别的办法，先将就几天吧。现在家里的人口平白无故地就增加了，从三口变成四口人了，收入可是没有增加，四个大人要由两个人的退休工资来养，使得本来就不宽裕的生活，更加难上加难。文慧拿着这点钱，摆布来，摆布去，无论怎样算计，都是头接不上尾。社会上在搞市场经济，文慧家里研究的是计划经济，她要在无限大的市场里，把有限的收入利用好，除了更加计划和节约之外也拿不出别的办法来。文慧有空就到附近的几个菜市场去看看，有学问的人说叫作市场调查。她是去看看哪家市场有什么菜最便宜就买什么菜。她不懂什么调查不调查的，菜总得要吃的，没有钱，就挑便宜的买，反正是白菜便宜买白菜，萝卜便宜买萝卜，什么便宜买什么。总之，穷家破日子对付着过呗！因此，文慧将一日三餐的干饭改做了两干一粥，每天都得一分钱一分钱算计着花。老宋瘫在床上，消化得慢，还勉强可以坚持；女儿年纪轻，饭吃得稀又缺少油水，那就饿得快，饿得她整日里对着妈妈叫肚皮饿；阿福被老婆赶出来，客居在姐姐的家里，他已经是白吃白住了，又拿不出一分钱来交生活费，不好意思说吃稀饭不耐饥。阿福每天吃过早饭，就夹着包出去找工作，同时也是找个地方蹭顿中午饭，或者再加上顿晚饭吃吃。如果蹭不到饭，只好饿着肚皮，回到姐姐家里喝粥。也正是人的运气所在，这时候的河阳市，也正是经济情况最差的时期，不少的企业拿不到订单，生产任务不足，职工下岗。因而社会上没有工作的闲散人员很多，都和阿福一样，每天都是在街上转悠，找不到赚钱的事做。

阿福在街上转悠着找工作，转眼间也将近到了年底。各厂的工会组织，组织人员走访慰问老职工。工会主席老郝带着人，来到老宋家里走访。老郝看到老宋半歪着身子倒在床上和女儿说话。见厂里来了人，他吃力地正了正身子，招呼大家进来坐。工会主席老郝说："要过年了，我和几个同志代表组织来走访看望大家。"

老宋说："老郝，谢谢大家！亏着领导还能记挂着我。"

女儿在旁边插话说："我爸爸很吃亏了。"

老宋赶紧出面拦住女儿的话："小孩子家，别胡说！"

女儿平时一肚子的气没处出，这时她也不管爸爸的阻拦，继续地说出："就是嘛！计划经济时期，老工人拿低工资，创造的利润上交给国家做贡献。现在又怎么样？年纪大了，不能做了，拿的退休金还是最低！总是低收入，过最低的生活水平。老工人！老工人只有牺牲的份，难道就没有享受的份？"

老宋看女儿不听劝阻，他发火了，呵斥道："你再说！你再说我就打你了！老郝你别听她的，小孩子家，没正事！"

女儿也生气了，站起来一跺脚，把门一摔，气哼哼地走了。

老宋向老郝解释道："这孩子！她这两天气不顺，这也难怪孩子！你们既然来了，咱们家丑也不怕外扬，向你们念叨念叨咱们家里的情况。"老宋将家里遇到的困难，向老郝做了一番诉说，他解释道："不是孩子有意向你们发牢骚，家里的日子确实过得很艰难。"

说到这里，老宋叹了口气，摇了摇头。在场的人听了老宋讲的情况，眼睛里都呛了泪水不敢往外流。

老郝听老宋的诉说，心里感觉很不是滋味。他知道老宋的处境很艰难，他也想顺势向老宋做些解说："是啊，老宋！以前咱们这些老师傅，拿着低工资，节衣缩食地过日子，省下来的钱上交给国家，支援了国家建设，做出了很大的贡献，应当感到光荣。现在你看今天我们的河阳，有这么多的工人师傅下岗，生活过得都很苦。这是什么？做出的这种牺牲，也是一种贡献，是我们广大工人师傅对改革开放做出的贡献。我们河阳市的千千万万个工人群众，对我们国家搞改革开放所做出的贡献，我们应当为我们今天的工人弟兄们所做出的牺牲感到骄傲，这是事实，真的很不容易啊！"

老宋是吃不饱饭的人，哪里有心思去听老郝做政治报告，他说："大道理咱们就别说那么多了。咱们现在是连饭都吃不上了，实在是牺牲不起了。"

老郝自然知道空喊口号是不能解决实际问题的，他拉着老宋的手，安慰他说："你家的困难，我们听到了，也看到了，回去以后，我们马上着手解决。你身体不好，要好好地安心养病。"

老郝说完，带着人走了，老宋跟文慧说："你看，还是没有把我们忘了，事情能不能解决，是另外一回事。话语说到了，就暖人心啊！"

文慧心软，听了老宋说的两句话，平时的委屈全化成了泪水，挤满了眼眶里。她为了掩饰内心的情感，转身躲进了厨房。

第二天，工会老郝因为另外有工作没有时间来。他叫驾驶员小田给老宋送来两袋米、一桶油和五百元钱，还让小田捎话给老宋说：

"好好养病，他面临的困难厂里知道了，会设法逐步解决的。"老宋的眼眶也湿了，他拉着小田的手说："谢谢，你给我捎个话，告诉老郝谢谢他！东西不在多少，这个心意我领了，老郝干出的事，就是暖人心啊！"

二十五 打工的劳动都是体力劳动

尤钢远远地看见一个人好像是阿福，他走近了看时，果然是阿福。"阿福！"

"尤子！怎么是你。"

"你夹了个包，在干啥呢？"尤钢问。

"找工作！"阿福答道。

"听说你不是在秦志富那里做吗？"

"早就不做了。"

"哎呀，走，走！咱们找个地方说说话。"

他们就近找了一家饭馆，阿福和尤钢面对面地坐了下来，点了几个菜，又拿上来四瓶雪花啤酒："服务员！过来，先打开两瓶。"开两瓶先喝着，喝完了再开，不够了再往上加，喝啤酒都是这个习惯。开喝就开聊，两个人一晃也是有好几年没见了，都有一肚子话要讲。阿福看了看尤钢笑着说："咱们有好几年没见了，你还是那样，没啥变化。"

尤钢夸张地用手摸了一下脸，虚张声势地说："哇，我那时候就这么老啊！"

阿福开心地笑着说："哪里，比这老！要不怎么说你越活越年轻了。"

尤钢做了个鬼脸笑了。老朋友长久没见，偶然一见面都高兴，在以前两人见面也开玩笑。阿福关切地问："还在跑广州啊？"

尤钢说："早就不干了。"

阿福还记得"夜壶"的事。

尤钢说："虾仔这小子，有点那个。那次回来以后就没有再去广州。"尤钢回河阳市以后，先是给别人跑了几年业务。后来，和两个朋友合伙办了一家铸造厂，里面有他的股份。

今天他就是为自己的这个厂进材料刚回来。尤钢端起酒杯，和阿福的酒杯碰了一下，关切地问："你这几年都咋样啦？"

阿福拿起酒杯来头一仰，一口喝下去半杯，放下酒杯，用手抹了一下嘴边的啤酒沫："嘿！真过瘾。"他这时好像才想起尤钢刚才的问话，摇了摇头叹口气说："哥们这几年，点背得很！干啥，啥出娄子，弄得现在连饭都没得吃。"

尤钢以为他说得夸张，如果混得连饭都吃不上了，为何还要从秦志富的厂里出来呢？他说："不至于吧？"

阿福就将他近几年接连遇到的倒霉事，一桩接一桩地慢慢向尤钢陈述了一遍。

尤钢听了阿福的讲述，也甚感不快："大嫂这人也真是的，咋能这样啊！"

尤钢活到这么大，没见过这样的事，也没见过这样的人，他们夫妻间的事，他还真不知如何说好。说几句安慰话吧，他还找不着从哪开头，尤钢说："阿福啊，其实你这个人挺聪明的。刚开始改革开放的时候，我看你的思想比我们开放，比我们走在前面。你呀，就有一个大弱点，懒，不能吃苦，要不然肯定要比我们好多了。"

　　阿福听了尤钢的话，感觉这个味道不正，这是什么话，是夸他，还是损他。阿福不满意地瞅了他一眼说："你现在行了，饱汉子不知饿汉子饥，净在一边说风凉话。"

　　其实，尤钢没有躲在一边看热闹的意思，他是想说阿福落到今天这个地步，有他自己的责任。尤钢说："我在的这个厂里，现在需要一个质量检验员，不知道你肯不肯来做？"

　　如果是以前，这样的工作阿福一定不会去做。现在不同了，工作不好找，你不做，还有别的路可走吗？阿福经过长时间的寻找工作，深有体会，难啊！他听尤钢讲的情况，不假思索地一口答应了下来，他知道尤钢是在帮助他。

　　铸件检验没有太大的技术难度，也就是查看一下每个铸件的表面，是否存在气孔、渣眼、夹渣、夹砂、错位、串皮之类的铸造缺陷。一个铸件要看六面，翻来翻去的劳动强度很大。阿福从小娇生惯养，长大了又好吃懒做，没有锻炼出好身体。在后来的生活中，他又养成了不良的生活嗜好，既抽烟又喝酒，在烟熏酒泡的侵蚀下，他的体质越来越差。近几年来，他生活上的不顺心，在心理上折磨着他，这又如同一味加强剂，加速了对他身体的摧残。这份工作他坚持干了几个月，就再也支持不下去了。他生病了，累的。病好以后，他就向尤钢提出了辞职。

　　尤钢对阿福的辞职感到有点内疚，他把厂里的工作向阿福摊开来让他看，他说："我们这里是个小铸造厂，我看过了，也就这个工作还算可以，其他的工作更没干头。"

　　阿福说："我知道你是在帮我，我没有怪你的意思，是我的体力不行，坚持不下来。"

阿福干了几天的苦劳力工作，也就过了几天经济宽松的日子，他现在辞职不干了，必然又回到了原来的处境。用他自己的话讲：运气不好，点太背了。

二十六　买断工龄的钱

阿福还是住在姐姐家里，还是找不到赚钱的事情做。他很空闲，闲得他不知道每天的日子该怎么打发掉。但是，有事要想找到他，还不是件容易的事。他每天都是到处转悠，没有固定的地方，上哪找他去？赵陆找了他好几天，总算在他姐姐家里才见到面。赵陆先到他家里找他，金萍见是找阿福，没好气地说："在他姐姐家！"

赵陆又来到文慧家，文慧说："他白天到外面找工作，晚上才回到这里睡觉。"

赵陆说："我有事要找他，明天上午我在厂里等他。"

第二天，在厂门口，赵陆见到了阿福。赵陆对阿福说："我找你是有件重要的事情对你说，厂里现在开始办理买断工龄。"

阿福问："下岗的职工也要办吗？"

赵陆答："都要办！"

阿福问："怎么办？"

赵陆答："按工龄长短折算钱。"

阿福问："像我们这样的，算下来能拿多少钱？"

赵陆答："听他们说，可能要在四万元左右。"

阿福说："就这事吗？"

赵陆说："这事还不够啊？这可是大事啊！"

阿福说："这是好事。"阿福听了赵陆的讲解，心里美滋滋的。及时雨，真是及时雨啊！现在他缺的正是钱，有钱送上门来了，好事，真是好事！

人们都把买断工龄的钱看作是自己的保命钱，是国家留给自己的养老钱、活命的钱。然而，阿福的情况不一样。他面对着眼前的许多困难，那些盘根错节的交错在一起的难题，究其原因都是在"钱"字上。当务之急就是要用钱先解决眼前的困难。

钱，这个鬼东西，让阿福感到困惑。他想给"钱"下个准确的说法，他却始终吃不准。钱，究竟算个啥东西？在生活中，有了它，就有了活气；缺了它，就如同人身上缺血，生活就没了力气。如此说来，它应该算是血脉。那么"有钱能使鬼推磨"，又做何解释呢？有了钱，什么事都好办。这钱又好像是一把刀子，你手里拿着它，遇到什么困难，那都是迎刃而解。越是缺钱，阿福越是感到了钱的分量。在他的生活感受中，钱到了"魔法无边"的地步。阿福对钱想得多了，反而越加使他糊涂。糊涂人办糊涂事，按此推理，这就很正常。

阿福在劳资科办理了买断工龄的手续，又到财务科去数钱。已经有好多年了没有摸过这么多钱了，他很兴奋。阿福缺钱，但是他不是个吝啬的人。他知道生活在社会上离不开人；在人堆里，离不开朋友；在朋友堆里，离不开至交好友。为朋友，他敢花钱，不吝啬。

上一次，他在幸福门业公司工作时，给秦志富弄丢了两万元钱。当时他觉得很过意不去，曾经许诺过等有钱时他会赔上。现在他拿到了钱，首先想到的是赔上那两万元钱。他自从丢了这笔钱，就一直好像有块大石头压在心头，成了他的一个心病。他不把这块石头搬掉，心里总是不能平静。他数出两万元钱，带上去了幸福门业公司。他找到秦志富，说明来意。秦志富哪能要这个钱呐，他说："阿福，你可真能胡扯。你给我上课啊！这是哪朝哪代的事了，你怎么又把它翻出来，行了，你别扯了。快，拿回去，拿回去！"

秦志富坚决不要。阿福没有办法，在他那里立了一会，就把钱装进包里走了。他走出秦志富的办公室，去到车间各处看看，转了一圈，又来到财务科，他把钱交给了周惠媛。周惠媛找出账本，查出那笔应收款，接过钱，平掉了那笔账。阿福轻松地走出了幸福门业公司的大门，他深深地透出了一口气，心里感到舒坦多了。他用行动证明他没有贪污那笔款。钱是他给弄丢的，怎么丢的？他一直都不清楚。

自从办理了买断工龄以后，阿福的自我感觉一直很好，他似乎觉得点背的时代已经过去，时来运转的时代开始了。这只是他一种直观的感觉，常言道"实践是检验真理的唯一标准"，他想应该通过实践佐证一下自己的直觉是否对。以前夹着包出去找工作，常常看到卖彩票处围着许多人。自己口袋里没有钱，不敢去过问；现在有钱了，也想去试试自己的运气。他走到跟前，摸出两块钱来，小试一下。体育彩票"6+1"，中特等奖是五百万元，末奖是五元钱。他买了一张，几日后，他来兑奖，运气还可以，中了一个末奖。他从买彩票处领取了五元钱的奖金，心里美滋滋的，他似乎看到了时来运转的机遇真的轮到了他的头上。这五块钱是吉祥的标志。阿福把这张钱恭恭敬敬地叠好，小心地放在贴身的口袋里，回家了。他还想再试试，他计划拿出五千元钱去买彩票，这可是一项大的工程，大的战役，大的投资，阿福要翻身得解放，全在此一举了。这几天，阿福像是在寻找金矿一般，努力在那些阿拉伯数字的组合中，寻找出吉祥的号码来。其实你去看看那些号码，都是些门牌号码、电话号码，或者是某某人的生日，把它们圈在了一起，又从中挑选出更好的号码列在一边，重复地买个两三张。他把这些号码视若财神，恭维地对它们鞠了三个躬，求它们助把力，好坏在此一举了。阿福做过盘算，这么多的号码只要有一个中了特等奖——五百万，就够了。如果中的是重复号码，能拿到个一千万、两千万，那还用说啥了，这辈子都够了。阿福在梦想中落实着他的打算。他夹着一个包，包里装着的是五千元钱，去了卖彩票处。当他从那里面出来，包里的五千元钱，便换成了五千元的彩票。从此，每天都向财神鞠躬，阿福的"时来运转"就靠财神来落实了。几天后，开奖了。阿福神情紧张地对着号码，中的全都是些小奖，大财神没有来。阿福对完号码，紧张的心一下子松弛了下来，人像一只瘪了气的车胎，瘫在了凳子上。这一次的彩票战役失败了，对阿福的打击是巨大的。他经过了许多日子的休整，才缓过这口气来。他没有就此倒下，他是个坚强的战士。失败后，他总结了经验，改变了战略战术，采取游击战术。从此以后，每次觉得福星高照时，他只用两块钱，去买一个号码。中了，幸运；不中，损耗也不大。他不再去打那种大兵团的大战役了。

阿福办了买断工龄的事情，传到了金萍的耳朵里。她心里就纳闷了，这么大的事怎么不见阿福回来与她商量呢？这是什么意思？难道他又把这钱给了那个野娘们？或者，他……金萍对他充满了猜忌和不满。

阿福曾经多次回家，都被她给赶了出来。不拿出钱来，她就不叫他进屋。多次被赶出家门，伤了阿福的心，使他对回家失去了信心和耐心。他也听说了，金萍与王二麻子的丑事，使得他失去了对金萍原有的那份感情。买断工龄的钱拿到手以后，他也曾想了许多，却没有想到他对金萍应负有的责任，使得金萍对阿福彻底失望了。

金萍听说阿福办了买断工龄的手续，她到文慧的家里来找阿福，文慧才知道这件事，阿福虽然住在文慧家里，但他也不对文慧说实话。文慧听了金萍说的情况，她吃了一惊，她对金萍说："他怎么也没和我说啊！这么大的事怎么和谁也不说就办了。"她接着抱怨地说："你看看，他住在我这里，也不回自己的家。白吃白喝地住到现在，又不交一分钱的生活费。我们家的经济情况也不宽裕。既然他现在手里有钱了，那就多少也得交点吧，也算是做了点通情达理的事。"文慧真的对阿福的做法很不满意，现在说给金萍听，也是告诉她，阿福的钱是在他自己的手里，我们没有见到，以打消她在这方面的怀疑。

文慧的话点破了金萍的猜疑，她不好意思地说："姐，我没有啥别的意思，你说这么大的事，他也不和我商量商量就办了，你说这人咋办呐！"

文慧心里想，商量？家你都不让他回去，咋商量？文慧把这话放在肚子里，没有说出来。

金萍见文慧不吱声，她继续接着讲："姐，你见到他，跟他说一声，让他明天回家一趟。"

阿福虽然现在是下岗失业的职工，但每天还是像上班一样，夹着包，按时按点地从姐姐家里走出去，又按时按点地回到姐姐家里来吃饭睡觉，一出去就是一整天。他在这一天里，干了些什么，或者见到些什么，回来后他从来都不向姐姐家里的人说起。开始，文慧还关切地问问他的一些情况，总见他是支支吾吾，躲躲闪闪地回答，文慧觉得他不情愿说，就拉倒了。以后也就很少问起他在外面的事。"衣来伸手，饭来张口"是他从小养成的习惯，一直保持了下来。阿福吃完了饭，他把筷子往碗边一放，转身去看电视了。老宋对阿福的做法看不过去，他又碍着文慧的面不好说什么，他指着电视说："现在的电视，都是那些老板、妓女、当官的、做贼的在上面唱戏，演的都是些啥玩意呀！没啥看头。就没有一部讲咱们下岗工人的日子是怎么过的。你看看咱们河阳市的这些工人师傅，这几年的日子过得多苦啊！"

阿福在旁边搭腔说："你这是'王婆卖瓜，自卖自夸'，你说苦，谁相信呐！王婆还说她的瓜甜呢！"

老宋说："有谁能替咱们说上两句话？"

阿福也附和地说："唉，属黄花鱼的，靠边站了。"

文慧刷完了碗，从厨房走出来，对阿福说："金萍今天来找过你。"文慧就今天知道的事，好好地对阿福数落了一番。说得阿福脸一会儿红一会儿白，只是难为情地用手挠了挠头，没有做出任何辩解。文慧搞不懂阿福的意思，不知道弟弟的心里头现在都是些什么想法。

屡受挫折的阿福，现在的心理状态极为复杂。生活的不顺使他的心理变得扭曲了，使他走进了一个诡秘的世界，他的一些行为莫名其妙，让正常人无法理解。

金萍见阿福来了，她满脸堆出笑容地迎着阿福，对他娇声嗲气地叫着，把他让进屋里坐下。她拿出百般热情来招待他，双手捧着一杯茶水，放在了他的面前。先扯了几句闲话后，问起了买断工龄的事，别人都办了，你是怎么办的？阿福说："已经办完了。"

她问："钱呢？"

"钱！"阿福将钱的去路一五一十地向金萍述说了一遍。他不说，许多事情金萍都被蒙在鼓里，不知道也就罢了。今日听了阿福的解说，简直把鼻子都气歪了。这是国家留给职工的养老钱，怎么就如此草率地处理呢？说实在的，不管你是谁，如果你遇到如此荒唐的事，也不会不气的。这时的金萍，哪里还能按捺得住心中的怒气？方才还是一团和气的面孔，转瞬间一个"变脸"，换了模样，即使是专业演员，也不过如此而已。她站了起来，用手敲打着桌子，数落着阿福："你的脑袋进水了，那两万块钱，他又没有让你赔，你主动贴上去，献得什么殷勤，就你这'一杯水倒到大海里'，渴死你没水的，他又不觉得多。神经病！你也不撒泡尿去照照你那副狗嘴脸，看看有没有发财的命，还想去中大奖？看你那德行！"

"有病乱投医"，阿福想钱心切，赌了一把彩票，又失败了。阿福的行为让人感到失望，没有本事赚钱养家也就算了，现在连自己养老的钱也让他败光了，今后可怎么办呐！金萍越想越觉得可气。她想不通了，怎么找了这么个老爷们过日子，真是倒霉到家了。想到这里，她不骂了，去拿了一条毛巾，捂着脸，嘤嘤地哭了起来。她对阿福彻底地失掉了信心，她感觉到他们的夫妻缘分走到头了。

二十七　离　婚

几个月以后，金萍向区法院递交了离婚申请书。

又过了几个月，阿福接到了法院寄来的传票。让他于××年××月××日去区法院民事庭，处理有关他的民事纠纷案。阿福从来就没有和法院打过交道，他也不愿意和这样的单位打交道，他一听"法院"两字，心里就感到瘆得慌，好像有一股冷气从后脊背向上蹿，全身都起鸡皮疙瘩，心里有点发毛。

到了开庭的日子，他大着胆子小心翼翼地走进了法院大门，又怯生生地迈着脚步，东张西望地寻找民事庭在哪里。有一个房间，他见金萍坐在里面，他想这里可能就是了，他好像是怕惊动了别人似的蹑手蹑脚地走了进来。他向金萍看了一眼，他觉得能在这里和她会面，很有趣。

金萍见阿福来了，她把头扭向一边，不去看他。

到了开庭的时间，审判员汪媛端着一杯茶水和书记员夏雨一同走了进来。夏雨将记录本平铺在桌面上，又将笔放在了本子的一边，没有说话。汪媛把茶杯放在桌上，先坐下来，又在凳子上扭了扭屁股，确定坐稳了，才开口发言："我们有意晚进来几分钟，给你们俩留些时间，再交流交流，有什么意见，互相交换一下。常言道：'天上下雨地下流，小两口吵架不记仇'，住家过日子……"

金萍抢着说："我们是老两口。"

汪媛接过来说："对了，'一日夫妻百日恩'，老夫老妻的情更深。夫妻闹矛盾，都是平时双方沟通不够造成的，你们今天既然来了，就把心里话都说出来。当着对方的面，把自己心里的委屈事都说出来。今天我给你们做主。"

金萍指责阿福在外面包二奶，不顾家。这几年来，都是她自己没日没夜地辛辛苦苦赚钱过日子，供孩子读书。他没能拿回来一分钱，他还有什么资格待在这个家里。

阿福不承认金萍的指责，阿福解释他在辽阳催债，没有养二奶，那个女人住在隔壁，只是他们两人在一起搭伙吃饭，这样可以省钱。要来的钱，一部分交给了金萍，还有一部分，儿子来电话要钱，他就直接给儿子寄去了，没有经过金萍的手，所以她不知道。他在外面吃饭住房，也总要花点吧，哪里有钱养二奶。接着阿福抖出王二麻子的事来羞辱金萍。金萍似乎早有准备，阿福的以攻为守没有成效。

离婚是金萍反复思考做出的选择，不是阿福做做解释就能够改变得了的。常言道："嫁汉嫁汉，穿衣吃饭。"阿福能够拿钱回来养家，金萍自然就不会有什么意见了。现在的阿福，不要说拿回钱来养家，就连养自己都成问题，今后养老的钱，现在也被他败光了。面对着现在的阿福，金萍感到压力特别大，这不能不引起金萍多想，老爷们是靠不上了，她和她的儿子今后的生活怎么办？考虑到儿子今后的生活，儿子以后还要找媳妇、买房子，花钱的地方还有很多。现在的阿福不是赚钱的机器，反而成了生活的累赘。谈感情，没有了钱，感情的基础在哪里？在金萍的眼里，儿子的事情才是大事情。

老公那是要用钱来衡量的，有钱才能算得上是老公。没有钱，算什么老公啊！连狗屎都不如。金萍经过多日的权衡利弊，才下定决心要把阿福这个负担踢出去。

阿福是个服软不服硬的人，他见金萍蛮横不讲道理，他也毫不退让，冲着金萍说了一些难听的话来，气得她火冒三丈，哪里还会向他让步。

汪媛见他们二人争吵不休，她站出来劝解说："你们两个人不要吵了，两个人能够走到一起来不容易，也是你们两人有这个缘分。"

金萍接口说："我们的缘分现在是走到头了。"

汪媛继续劝解说："不能那么说，家里的事情，还是要两个人商量着办，天底下没有解决不了的事情。"

金萍说："拿啥商量？一个大男人家，一点责任心都没有，过日子是要用钱的！"金萍坚决要离。

阿福看金萍的态度很差，他也依然不肯放下身段来让让步。

两位法官看着他们俩争吵束手无策。

汪媛对夏雨耳语道："看样子是不离不行了。"

夏雨回道："我们也只能劝说到这个程度，我看'强扭的瓜不甜'，就随了他们的意见办算了。"

法官见调解不成功，做了离婚的安排。夏雨让他们两人在笔录上签字画押，阿福伸出右手的食指，按完手指印后觉得很不是滋味。他看着纸上自己的手印，不知怎么竟想起了杨白劳卖喜儿的事。他心里有些懊悔，看看法官那个严肃的样子，想说的话又咽了回去。

走出法院，阿福觉得轻松了许多。在法官的面前他感到很压抑，在金萍的面前他感到很气愤。他仰头对着天空，长长地吐了一口气，舒畅！阿福把今天遇到的许多烦恼都抛到了脑后。阿福是躲得过今天，躲不过明天，更大的麻烦还在后面呢。

两个月以后，正当阿福渐渐地淡忘了这件事的时候，金萍又来找他了，让他去法院拿民事调解书。一下子他松弛的神经又紧张了起来。一听到"法院"两字，他就不舒服。他不喜欢法院，因为那里太严肃了，严肃得使人感到窒息。他来到法院没有见到金萍，审判员汪媛接待了他。她说："你们两个人的诉求，我们已经审理结束。今天将民事调解书交给你，如果你还有什么意见，可以提起上诉。"阿福拿到调解书，才认识到金萍是跟他玩真的，她是真的与他离婚了，不是吵架赌气闹着玩的。阿福手里捏着调解书，两眼直勾勾地发愣，泪水从眼角处渗了出来，顺着鼻子滴落在脚前。汪媛与他说话，他似乎没有听见，只是呆呆地静立在原地，然后又默默地离开了法院。

他没有回家，他找到一个僻静处，掩面低声地哭泣了很久，他好像有满肚子的委屈倒不完，也觉得没处去倒，能和谁说去？他在这个只有天知、地知、自知的地方，对着天、对着地、对着自己一颗委屈的心哭诉。

秋风无力地摇坠着枯枝上的几片残叶，发出呜呜的低鸣声，像似有人在哭泣；在墙角里的蛐蛐，振荡着翅膀，弹奏出一曲凄凉悲楚的乐声。天籁之声引起了阿福的共鸣，他躲在角落里，传出悲凉的哭泣声。阿福或许是累了，或许是流完了心中的苦水。他从地上站了起来，拧了一把鼻涕，甩向一边，又用手背抹了抹眼眶上的泪水，叹了口气。他摸了摸口袋，还有几个零钱，他去了一家小饭店。

文慧见阿福回到家的时候，已经很晚了。阿福无力地推开门，步履蹒跚地跨进门里，一股浑浊难闻的酒气霎时充满了整个房间。酒气熏红了他的脸，从鼻子尖一直红到脖子根，眼睛充满了血丝，眼皮无力地垂下来，两眼黯然无光。他径直地走向床铺，倒头睡去。

文慧顺着阿福的方向看了看，和老宋说："这是和谁在一起，喝成这个样子。"

老宋说："他的事，咱们整不明白，就看他每天夹着包出去，没见他哪一天夹着钱回来。"

文慧替弟弟辩解说："他还没找到事做，哪里能有钱。"

老宋接着说："现在下岗的人那么多，比他年轻力壮条件好的人都找不到事做，就他那熊样的还能找到事做？"老宋说的是实话。阿福能干啥呢？干体力活，身体吃不消；搞管理，没有文化。真找不到适合他做的事情。文慧走过去把大门关上，她很为自己的弟弟操心。

阿福第二天起来，还是照样出门，只是没有夹包。老宋心里有点纳闷，昨天说的话难道他听到了？看他醉得那个样子，也不会呀！那他怎么不拿包了呢？老宋的心里画了个问号。今天的这个事，过了半年以后他们才明白。

二十八　阿福离婚给哥哥姐姐带来的伤害

正是春夏交替的时节，明媚的阳光铺洒大地，在蔚蓝的天空中，有几缕白云勾勒出美丽的图案。当温柔的春风习习吹来时，顿时感到心肺间被彻底地清洗了一遍一样，特别透爽。从南方飞来的小鸟，在柳枝条间蹿来蹿去，它放开欢快明亮的嗓子，唱不尽春天的情歌。春天总是使人感觉耳目一新。文慧立在窗前向窗外看去，回过头来对老宋说："老宋，你看今天这天气多好，我想把垫被拿出去晒晒。"

老宋说："那好啊，我给你找根绳子。"

文慧在拿垫被时看到了阿福和金萍的民事调解书。她打开看时，被里面的内容惊呆了。上面是这样写的：

河阳市河滨区人民法院

民事调解书

〔2006〕阳滨民-权初字第 001 号

原告：金萍，女，1954 年 4 月 4 日出生，汉族，系河阳向阳服装厂退休工人，住址：河滨区杏花路 25 号。

被告：吴文福，男，1953 年 3 月 3 日出生，汉族，无职业，住址：河滨区松树街 8-5 号。

案由：离婚纠纷。

原告金萍诉称，夫妻感情已经破裂，要求与被告离婚。

被告吴文福辩称，承认夫妻已无和好可能，同意离婚。

经审理查明，原、被告于1978年8月8日经人介绍相识，1979年9月9日登记结婚，1982年2月2日婚生一男孩吴孝礼（已参加工作，独立生活）。婚后初期，夫妻感情尚可，后因性格不合及家庭生活琐事产生矛盾，导致夫妻感情破裂；故，原告于200×年××月××日起诉来院。

本案在审理过程中，经本院主持调解，双方当事人自愿达成如下协议：

1. 原告金萍与被告吴文福自愿离婚；

2. 双方个人衣物归个人；

3. 双方住房均自行解决；

4. 双方无其他纠纷。

诉讼费两百元，由原告金萍承担。

双方当事人一致同意本调解协议的内容，自双方在调解协议上签名或捺手印后，即具有法律效力。

上述协议，不违反法律规定，本院予以确认。

审判员：汪媛

书记员：夏雨

200×年××月××日

河阳市河滨区法院（章）

文慧突然惊呼道："老宋！你快过来看，这是什么东西？"

老宋手里拿着一条绳子，正在理顺，想找出一个头绪来，好拿给文慧拴在外面晾被子。他听见文慧大呼小叫地喊他过去，他口里一边应道："哎！我就来。"他拖着绳子走了过来，见文慧手里拿着一张纸，文慧将纸递给他看，老宋看到上面醒目的几个黑体大字，口里念叨道："民事调解书，这是谁的？"。

文慧抑制不住伤心地说："文福和金萍离婚了。"

老宋听文慧这么说也吃了一惊："啊？"他这时才认真地往下看去。"他写的怎么是我们家的房子？"老宋不解地向文慧说。

文慧说："怪不得，这半年多我总觉得他有些不对劲呢！这么大的事事先他也不和我们说一说。到现在了，他还瞒着不和我们讲，到底是怎么回事啊！"弟弟和弟媳半年前离婚的事实，对她隐瞒了这么久，现在突然间展现在她的面前，使她震惊，不理解，脑子里一时间乱成一团，不知道如何面对这样一个事实。

老宋说："都这么长时间了，怎么一直都没听他说起过，别人是不是知道？问问文吉、文祥，看他们知不知道？"

是啊，阿福或许和两个哥哥商量过也不一定，文吉在外地，可能性不大。说到这里，文慧给文祥拨了个电话："二哥啊！"

文祥："是我，文慧，有事啊？"

文慧说："金萍和文福离婚了，这件事你知道不？"

"啊？什么，什么？你再说一遍。"文祥听文慧说阿福和金萍离婚的事，他怀疑自己的耳朵是不是听错了，或许是不是没睡醒在做梦。他暗地里捏了捏自己的大腿，有知觉，很清醒啊！文慧把文福和金萍离婚的事又说了一遍，文祥听得很真切，是离婚。文祥问："有离婚证书吗？"

文慧说："我们看到的就是这个。"

文祥问："文福人在不在家？"

文慧说："他一大早就出去了，每天都这样。"

文祥问："他到哪里去？干什么？"

文慧说："我们也不知道。以前我问过他，他也不肯说，老是盯牢问他也不大好，后来，他不说，我也不问了。"

文祥说："要不你到我这里来，把他们的调解书带来。"

在文祥家里，文祥看到文慧带过来的调解书，他认真地看了一遍，没有吱声。他把那张纸用手抹平，从头又看了一遍，还是没有吱声。他向四周看了一下，似乎是想让眼睛休息一下，或许是想让脑筋休息一下，接着他又看了一遍。看完了正文，他翻过纸头，看了一下背面，他似乎想知道这文字的背后隐藏着什么东西，结果只是一片空白。文祥终于说话了："金萍这是将文福净身出户，赶出家门啊。房子没分，家产没分，就拿到了自己平时穿的几件衣服。你想想看，他一个下岗职工，没有工作，他能有什么好衣服。法院的这个判决书很不合理！法院明明知道他没有工作，没有经济来源，没有住房，是住在别人家里，却还要这样判，有没有考虑到今后他怎么生活？简直是'庸医乱看病，不管人死活'，这不是把文福往死路里赶吗？"

文祥嫂听了文祥说的话，她也走了过来，拿起调解书来看，调侃地说："这不是挺好吗，保护妇女儿童的权益。"

文祥冷笑着说："要不是姐姐收养了他，他一没住所，二没工作，现在还不就得流落街头，沿街乞讨，他还能靠什么生活？"

文祥嫂接着说："人家法官知道你们家里人不会不管他的。"

"哼，哼！"文祥冷笑了两声，不再和她对白。

　　文慧说："拿到调解书那天，不知道他是在哪里吃了很多酒，很晚才回来。到家后，倒头就上床了。他不说，我们也不知道。现在回想起来，他那天肯定很伤心。这要不是今天收拾房间看到了，我们还是继续被蒙在鼓里呢。"

　　文祥问："他现在怎么样？"

　　文慧说："不太好，以前他每天都夹着包到外面去，找点事做做。自那以后，他出去就不带包了，也没见到他找什么事做做。我总感觉他好像有些精神恍惚，哎呀！他这样下去，太可怕了。"

　　文祥说："这个事跟他说还得要小心点，不要刺激他。他说出来就好了，他不说，憋在心里，真的憋出点毛病来，那可就麻烦大了。"

　　文慧说："我知道，我会注意的。"

　　文祥说："要不明天你和他一起到我这里来一趟。我再用话语开导开导他，事已如此，一定要想得开。"

　　离婚给了阿福巨大的精神打击，他常常心神不定，精神恍惚，无论说话也好，还是做事也好，他总是静不下心来，不能够有始有终地做完一件事。比如说，他正在讲着某一件事，会突然说到另外一件毫不相干的事上去，让听的人感到莫名其妙，搞不清他在说些什么。更让人莫名其妙的是，他做任何事情，都是做了一半的时候，会在没有任何原因的情况下，放下正在做的事情，转身走了。剩下的那一半事情，从此不再过问，仿佛以前没有发生过任何事情一样。阿福的言语行为已经越来越让人费解了。

　　第二天，文慧陪着阿福来到文祥的家里。文祥看到的阿福，红红的酒糟鼻子，满脸的皱纹，一双小眼睛痴痴呆呆的，没有一点神，一副萎靡不振、极度疲倦的样子，看上去人衰老了许多。他拖着两条沉重的腿，迈着大象似的沉重的步伐，跨进了门里。文祥嫂沏了一壶茶水招待他们。文祥先开始说了："咱哥俩好久没见了，也不知道你现在怎么样？"

阿福说："挺好。"

文祥停顿了停顿，他在思量着怎么说这些话，他指着茶水说："喝水，这茶挺好，是孝义到南方出差时带回来的，平时不舍得喝。今天这不是你嫂子看你来了，这才拿出来冲一壶，让你尝尝。"

文祥嫂在一旁帮着说："这茶可好了，味正，香！喝到嘴里有那么一股清香，怎么说呢？我还真是形容不好，你尝尝就知道了。"

他们夫妻二人一唱一和，对阿福真还有点安抚作用，阿福进屋后，一直绷紧的面孔放缓了许多。他在哥嫂的劝说下，拿起茶杯，放在嘴边抿了一口，确实很好喝。他又连着喝了几口，才放下茶杯。文祥用着一种极为关切的目光看着弟弟文福将茶水喝了下去，他心里很滋润，好像这茶水，只是借用了文福的嘴巴喝进去，完全流进自己的肚子里似的。他调整了一下自己的心态，用和蔼的口气，温和而关切地说："金萍和你离婚了？"

阿福疑虑重重，心神不定地张望着别处，不假思索地回答："是她要离婚，又不是我要离婚。"

文祥又说："离婚了，要分家产的。"

阿福说："是她不肯分，又不是我不肯分。"

文祥说："房子没有分，今后你住到哪里去？"

阿福敷衍道："是她不让我回去住，又不是我不想回去住。"

文祥接着问："你们离婚的事，有没有与你儿子说？"阿福这时有点走神，他没有立即回答问话，却拿出一支香烟来要抽，他没有立即点着烟，而是向四处看了一下，然后他一个慢动作，静静地转身向门外走去。

待在房间里的人，听了阿福的对话，都觉得有点奇怪。他们见他去门外抽烟，以为他还懂点事，知道不在房间里吸烟。他们想等着他抽完一支烟，回来再接着说。文祥嫂到厨房去准备饭食，文祥和文慧交谈家里的一些生活琐事。过了多久不清楚，文祥嫂从厨房间里走出来，问道："你们俩在说啥呢？文福这根烟怎么抽了这么长时间？"

文慧一拍大腿，吃惊地说道："坏了，他肯定走了！"

她马上推开门来向四处寻找。文祥嫂也跟了出来，帮助寻找。已经过去那么长时间了，哪里还能看到他的身影。

文慧和文祥嫂一起回到房里，文慧说："他经常是这样。"

文祥忧心忡忡地说："我现在担心他不要成了精神病人，那样可就太糟了。"

听了文强这么说，文慧也有点害怕了："那可咋办呐？真愁人。"

文祥嫂也担心："是不好办，如果真的成了疯子，那麻烦就大了。"

文祥很不乐意听文祥嫂说的这种话，他沉下脸来生气地说："你说啥呢？能不能挑点好听的说。"

文祥嫂也不高兴了："你别不愿意听，如果真的到了那一步，谁最倒霉呀？人家金萍和他离婚了，人家可以不管了。还有他的那个儿子，还能指望得上吗？"

文祥说："只要有我们吴家的人在，总不会让他去流落街头，给我们吴家人丢脸。"

文祥嫂有意地逗着他说："唉！豪言壮语。你们兄弟够哥们！说了那么多空话，倒不如想点实际的办法。"

文祥嫂说的都是实在话，文祥听了，越发觉得阿福现在的情况不好办。

文慧用试探的口气说："如果换个环境养养会不会好一些？"

文祥嫂接过来说："这才是正经话！"

文祥皱着眉头说："换换环境？哪那么容易？换到哪里去呢？从你们家换到我们家，这换不换还有什么区别？"

文祥嫂出主意说："让他到文吉那里住些日子怎么样？"

文祥说："到他那里，他那么小个地方，听说他的孙女还和他们住在一起。文福过去住在哪里？再说，大嫂那个人，她也不会同意。"

阿福的事情，连累着大家都为他操心。谁也没有准备，一时间哪里能想得出好办法来。大家也就先把这件事放在了一边，又说了一些其他的闲话，都觉得累了，文慧才告辞回家。

阿福借着抽烟的机会，半道上溜走了。他出来后，想到杏花路去看看金萍，走到半路上，他又改变主意不去了。他掉头去了松树街，折回到文慧家里了。

河阳市滨河区的街道很规整。凡是东西走向的路都称作"路"，以各种花的名字起作路名，如杏花路、桃花路、梨花路；凡是南北走向的路都称作"街"；以各种树的名字起做路名，如松树街、杨树街、柳树街等。金萍原来是住在樱花路，后来，王广林帮助她在杏花路买了这套商品房，她就搬过来住了。搬到新家以后，阿福来过几次，都被金萍拦在了门外，阿福很想住进新屋，即使能住上一两天他也心满意足了。但是，他至死都没有住进来。

二十九　父与子

　　阿福只有一个儿子，叫吴孝礼。按吴家的家谱排辈，到了阿福的儿子这一代，应该轮在"孝"字辈上。凡是生的男孩，取名时选的是"仁、义、礼、智、信"等传统伦理道德上的字为名；女孩取名多以花花草草的名字为名，例如"兰、竹、菊、梅"四君子。排到阿福的儿子，正在"礼"字上，于是取名叫了"吴孝礼"。孝礼长得白净可爱又很聪明，十分招人喜欢。后来他上学念书，在那段时间里，正是阿福走运的时候，他在外面搞对缝赚了不少钱，他通过关系使上钱，想办法给孝礼换了一个名牌学校，从此孝礼一路顺风地从小学一直读到大学。孝礼大学毕业以后，在渤海市一家大型国企里就职，工作做得很有成绩，得到了领导的欣赏，年纪轻轻就做到了主管工程师的位置。他远离河阳市顾得了工作顾不了家，自古说"忠孝不能两全"，孝礼正是应了这句话。

　　阿福拿到调解书后极为伤心，他想到的亲人只有儿子。他拿起电话拨给儿子，向他的儿子哭诉金萍无情地抛弃了他和他离婚的伤心事。孝礼听了爸爸的哭诉，吃了一惊，急忙向领导请假，赶回来了解实情。孝礼对妈妈的做法很不满意，在家里与妈妈争吵了一番，也不与阿福见个面，气哼哼地就返回了渤海市。对于孝礼来说，单位里的工作比他父母的离婚更重要，那是他的人生前途。

阿福的心情与孝礼不同，他是把儿子放在第一位的。而孝礼把爸爸放在什么位置上，谁也说不清楚。总之，外人看了，他和阿福不是很亲近。原因可能不全怪儿子，阿福的因素更大一些。

孝礼从小就听他妈妈说，爸爸不拿回钱来养家，他们过的日子都是舅舅拿钱来供养的。他觉得阿福没有尽到做爸爸的责任。

他还讨厌阿福抽烟的习惯。这也不能怪儿子，要怪就得怪阿福不好，他一张嘴巴呼出的气会使满屋子充满了烟臭的味道，难闻呐，让谁受得了。

讲起阿福抽烟来，那还是得从老爷子那儿说起。老爷子在世的时候，他有这口瘾，喜欢抽自己卷的旱烟。阿福是个孝子，平时没事坐在老爷子身边，帮助老爷子卷上几支老旱烟，孝敬孝敬老爷子。

卷烟看起来简单，实际是个技巧活。找一张旧报纸，从上面撕下4厘米宽、9厘米长的一块纸，斜对角折一下，在上面捏上一捏旱烟末，然后手捏着一头卷起来，再用两个手指捻得一头大一头小，舌头舔一下边口，用唾沫水粘住边口，大的一头拧紧，多余的纸头撕掉，小的一头撕掉一点，留出吸烟的口来，就可以放到嘴上抽了。用火柴点上，你要是猛吸一口，呵！太呛！差一点就能呛死！劲儿太大了。

老爷子喜欢这个，抽起来有劲儿，过瘾。老爷子看着阿福给他卷烟很高兴，觉得这个儿子没白养，会孝敬自己了。

阿福卷上一两支后，有时也陪着老爷子吸上一支。按劳取酬嘛，人家自己的劳动成果，吸上一只，老爷子也没有二话可说。如此一来二去，阿福孝敬了老爷子，自己也学会了抽烟。老爷子过世时没留下什么像样的遗产，他只是把抽烟的习惯留给了阿福。

　　抽烟传到阿福的手里多少也有些发展，原来用旧报纸卷烟叶，不但老土，而且也太麻烦。阿福把这些习惯都改了，抽香烟。先抽本地产的，再抽外省的，然后发展到抽进口的，再后来，他批判崇洋媚外了，洋货不见得就好。阿福以自己的切身体会说："洋烟不如国产烟受抽。"从此，他不再抽洋烟了。

　　多少年来养成的习惯，改不了了。为了抽烟的事，金萍与阿福没少争吵过，那又有什么用。阿福肯接受吗？不肯接受。金萍肯罢休吗？不肯罢休。争吵如同一把刀子，切割着他们夫妻间的关系。

　　孝礼不大愿意和阿福在一起，还有另外一个原因。他老是挺着一只红红的酒糟鼻子到处走，多难看啊！走到别人跟前真掉价。都是喝酒喝的。一个人思想好，多做好事，为人民服务，大家都会对你竖大拇指头，夸奖你是"好样的"。一个红红的酒糟鼻子，走出来真影响市容，快拉倒吧！他还是待在家里算了。

　　孝礼愿意和妈妈在一起，妈妈人长得漂亮，气质也好，还会说话，说起话来有情有理，声音也很悦耳动听。和妈妈一起，站在别人面前显得有光彩。

　　孝礼觉得爸爸与妈妈相比，他们俩不是在一个档次上的人，一个在地上，一个在天上。提起阿福，孝礼就觉得头痛。妈妈和爸爸离婚，让孝礼感到做儿子的很没面子。孝礼猜测这件事肯定是妈妈干的，爸爸没有这样的魄力。孝礼对阿福始终有一种"恨铁不成钢"的心情，一个大老爷们，怎么就做不了一个老娘们的主，他又增加了一条对阿福瞧不起的因素。

　　老宋看阿福一个人先回来了，他问："你姐呢？"

　　阿福说："她还在那边唠嗑。"

老宋不满意地说："都什么时候了还唠，有话不好白天说啊，都这么晚了，还唠啥唠。"老宋看天太晚了，担心文慧走夜路不安全。

阿福倒了一杯水，他手里举着热水瓶问："姐夫，你喝水不？"

老宋回答："我不想喝。"老宋记挂着文慧的安全，没有心思想别的事。

阿福捧着水杯，看了一会儿电视，喝了几口水，就去睡了。

老宋直等到文慧回来，才放下心来去睡觉。

三十　给他换个环境希望他能东山再起

　　第二天，等阿福吃过饭走了，老宋才问起昨天的事，文慧把在文祥家时发生的事向老宋说了一遍。

　　听了文慧说的情况，老宋一肚子的懊恼没法说："这算什么事啊？真是愁人。原本是看他们夫妻俩吵架，在咱家里暂时住上几天，看如今他是要常住不走了。"

　　好事不好做，好人不好当。这种糟糕的事粘上手，你就别想甩开了，好事变成坏事了。老宋心里想：真是的，好心没有好报。

　　文慧和老宋不一样，她崇尚施善行德，助人为乐。她认为人活在世上好有好的报应，坏有坏的结果。她是要把好事做到底的，更何况阿福是自己的亲弟弟。

　　从心理学的角度来看，或许有一定的道理。常言道："不做亏心事，不怕鬼敲门。"做了坏事的人，成天提心吊胆，日子过得不安宁，必然会折寿；总是做好事、善事的人，他心里坦然，吃得下，睡得着，日子过得必然平安、长寿。劝人从善，于人于己都是好事。

　　文慧劝老宋宽宽心，还是想想办法要紧。事到如此了，也只好这样，发发牢骚不顶事。如果撒手不管，阿福真的成了疯子，那可就更麻烦了，想到这里，老宋的心里也急了。"到文吉那里住上几天就真的不行吗？"老宋以阿福为圆心画了几个圈圈，他也觉得文吉那里最合适。

文慧说："已经研究过了，他那里可能不行。"

老宋说："你们家里的亲戚太少，又都是贫雇农，全都是靠不上的穷亲戚。"

文慧听了不乐意了："你们家里的人都是地主富农，看你说的什么话呀！"

老宋说："我这不是打个比方嘛。"

文慧面色愠怒地白了老宋一眼："有你这样比方的吗？"

老宋说："你别生气，我现在倒是想起一个人来。"

文慧问道："谁呀？"

老宋说："有一年，你们家来过一个客人，说是从钱塘来的。"

文慧说："你说的是余之水！都这么久没联系了，也不知道他现在的情况怎么样？我们拿文福的事情去麻烦人家，恐怕不合适。"

老宋说："可以考虑考虑嘛！要不先和文祥哥碰个头，等商量好了，再和他联系。"

老宋所说的余之水，他与吴家有点老关系。早几年，余之水回河阳市探亲，也去看望过吴文福的哥哥吴文祥。吴文祥爱好书法，写了几个字送给他。他接到手里一看，是一首古体诗，字是大草，满张白纸上勾勾画画，龙飞凤舞，字写得漂亮，非常好看，细看下去认不出几个字。文祥走到旁边，指着纸上的字，一个字一个字地读给他听："'野马奋蹄草上飞，鸿雁展翅向月追。沉水潺潺话新宇，大地坦坦孕神威。'第一句写的是你，第二句写的是我们。"

余之水听了文祥的解说，心里不乐。他心里想，这个文祥，怎么把我比喻成野马了。余之水并不是很在意诗的含义如何，倒是喜欢龙飞凤舞，像天书般让人看不懂的草体字。他觉得看不懂好，看不懂才有意思呢。这就如同看变魔术，人们怀着对魔术的好奇心和对魔术师的崇拜，会一个接着一个地看下去。当你把魔术弄明白了，那还有啥意思。你知道了这个魔术是怎么变的，你还会再去看吗？有时候，对别人的崇拜会让自己感觉到精神很充实。

余之水拿着文祥送给他的字，回钱塘时找了一家书画店，用镜框裱装好，挂在了办公室的墙上，装装门面。这种做派在商界很流行，即使认识不了几个字，还是要去花大价钱买来名家的字画，挂在办公室里或是家里，显得文雅气派。如果再有人说他是个儒商，便越发使他高兴，一时间风雅流行。

江南的冬天，冷虽说也冷，但是与关外的那个冬天相比，就逊色许多。东北的冬天，寒风呼啸，积雪坚冰。然而，江南却依然是流水淙淙，绿树成荫。黑色的八哥，扇动着白色翅膀，成群地在收割完了稻谷的田野上空盘旋飞翔，露出了一块块褐色的土地。余之水租借的房子，在钱塘城郊一家倒闭的工厂里。余之水坐在办公桌旁，正在翻看当月的业务记录，听到电话的铃声，他放下了手中的记录本，拿起话机："喂，你好！哪里呀？"

"……"

"什么，什么？你是谁呀？"接到文慧打来的电话，余之水颇感意外。他一时间不敢确定打来电话的人是谁，或者说自己的耳朵听到的是否正确。当他从重复的回答中得到证实，他才确定没有错，是文慧打来的电话。

他们在电话里谈了一些各自的情况后，文慧把话题引导到了一个说阿福事情的机会上。她对余之水说："现在的人对婚姻的态度太草率，说离婚就离婚了，太不负责任了。"她告诉余之水，阿福和金萍两个人，因为一些琐碎小事闹个没完，然后两个人就离婚了。阿福现在的情绪很低落，怕他憋出事来，想给他换个生活环境渡过这个难关。文慧说："我们找来找去，觉得你这边比较合适，打算麻烦你帮忙。真不好意思！"

余之水问了文慧一些阿福的情况，余之水问："那他怎么来呢？"

文慧说："买一张火车票，他自己就去了。"

他又问："他要住多久？"

文慧说："好了就让他回来了。"

"噢！"余之水其实感到很为难，既然人家来求你帮助，自然是人家瞧得起你，觉得你能做到，拒绝了今后不好见面。而一个病人来了，会不会惹来很多麻烦，他也吃不准。根据文慧刚才的说法猜测：既然他自己能来，那就说明他还没有什么大问题，如果真是给他换换环境，改善改善心情，那他过了这个阶段就会没事了。他答应了文慧的请求。

其实，余之水的同意，还有另外的原因。文慧的电话，勾起了余之水深沉于心底的思乡情怀。文慧的几句话，让他想起了在河阳时许许多多的生活片段，使他想起在河阳城里烟囱林立的工厂鳞次栉比；使他想起一马平川的东北大平原，种植着一眼望不到头的玉米和高粱；使他想起高粱米水饭小葱蘸大酱、爽口的东北饭菜；使他想起大冬天里，淘气的孩子们在一起玩耍，骗他们的伙伴舔铁上的霜。余之水现在不相信还会有这样傻的孩子，他笑了。他离开河阳太久了，那时候，他一赌气辞职离开了单位下海经商，转眼间二十几年过去了。在这些年里，他东奔西跑，去了许多地方，看到了各处的发展变化，他没有机会去河阳。但是，他知道河阳也会和其他地方一样，也会发展变化。余之水想象现在的河阳一定非常美丽繁华，他又笑了。"君自故乡来，应知故乡事"，他盼望家乡有人来，希望从家乡来的人能与他唠唠家乡的变化，他把希望寄托在了阿福的身上。

今年冬天的河阳，特别寒冷。从西伯利亚来的寒流南下，影响着河阳。这几天，河阳的上空彤云密布，天光昏暗。鹅毛似的大雪纷纷扬扬下个不停，厚厚的积雪覆盖了大地。百年不遇的大雪造成了雪灾，交通拥堵，职工不能上班，学校通知停课。

阿福在火车站的候车室里候车。由于大雪的影响，许多列车的车次晚点了，不能按时到站，也不能按时发车。众多旅客被滞留在车站上，旅客在候车室里，百无聊赖地望着窗外的大雪，心情焦躁不安。阿福以前都是在家门口附近转悠，这是他第一次出这么远的门，就遇到了这样大的雪，他感觉这几年自己的运道实在不佳，怎么点就这么背，百年一遇的大雪都会让他赶上了。他站在候车室的门口，望着外面的大雪，心里祷告道：老天爷啊！你就体谅体谅咱们穷人吧，快别再下雪啦，下点钱吧！他站在那里胡思乱想，希望老天爷能给他下几张百元大钞……他抬着头，望着天空，他看到的，除了雪片还是雪片，他感到失望。

"丰年好大雪！"一个旅客寂寞无聊，突然诗兴大发，站在候车室里，对着窗外的大雪，大唱了一嗓子。

"谁呀，谁呀，谁呀！乱叫什么，都雪灾了还叫好！真欠揍！"阿福在这里等车，早就等得烦腻了，听到有人为大雪喝彩，气就不打一处来，他对着那边骂道。

火车站进出的火车，全部都晚点，候车室里的人们，看着外面的大雪下个不停，等车的人个个心里都很焦躁，谁还去注意门边的这个人嘀嘀咕咕地在说什么。

阿福立在门边很久了，他可能感觉到累了，或许他可能是对老天爷只下雪不下钱不满，他拖着行李离开了门口，想去找个地方坐坐。候车室里的人，只来不走，熙熙攘攘挤满了人，根本找不到落脚的地方。他一边走，一边烦躁地嘀咕道："咋这么多人呐！真是'找三条腿的蛤蟆没有，找两条腿的人到处都有'，这里的人也太多了。"

三条腿的蛤蟆，叫金蟾。据民间传说，它是个神物，能从嘴里吐钱。阿福在心里琢磨着，如果哪一天他能找到这个宝物，那可就发了。他安安稳稳地坐在家里，看着它吐钱，不用劳神费力，日子就可以过得美美的。到那时，咱还用干啥？啥也不用干了，只等着享福就行了。

阿福拖着行李一边走，一边乐滋滋地胡思乱想。他喜欢胡思乱想，他觉得那样非常美妙，那里没有钱的烦恼和情感的瓜葛。不知道从什么时候开始，他回避现实生活，躲进了精神世界。

他觉得有点犯困了，他用手摸了一下口袋，想抽支烟提提神，烟盒是瘪的，他想去买包香烟。

他现在口袋里有钱，不是他劳动赚来的钱，也不是金蟾的嘴里吐出来的钱，是阿福的哥哥姐姐送给他的钱。他们都是退休职工，每个月只能拿到一点微薄的退休金，用这点钱过日子，必须节俭地算计着花。他们从牙缝里节省下来的这点钱，这次全都送给了阿福。

阿福走到柜台前，看到里面有许多种香烟，他觉得自己出外坐车辛苦，想买一包好烟犒劳犒劳自己，他向柜台里看了一下，中华烟一包四十八元。"嗬！这家伙，真够贵的！买一包烟，两天别吃饭了。"阿福觉得好烟太贵，差的烟又觉得亏待了自己。他看来看去犹豫不决，口袋里的钱使他犯难。他下了个狠心，花六元钱买了一包云烟。他又买了一根粉肠，拿了一瓶二两半装的二锅头，付了钱，去找了一个不受别人打扰的安静处，将行李放在一旁，他蹲在地上，先抽了一支香烟。然后，他拧开酒瓶，就着粉肠慢慢地吃。是艰苦还是享受，只有阿福才知道。

余之水根据文慧在电话中讲的情况，屈指算来，阿福差不多就该到了。余之水在想，如果按照常规，阿福启程前应该来个电话，打声招呼，到了地方还应该打个电话来，他好去站台接站。余之水却一直都没有接到阿福打来的电话。这时的余之水心里突然产生出许多离奇的猜测，心里没了底，担心会不会出现这样或那样的意外事情，他觉得自己有点多事。

送走了阿福，文慧一家心里轻松了许多。这几年来，阿福的事压得她透不过气来，他们夫妻也为阿福的事发生过口角。她为阿福与金萍夫妻间的关系做了多次的劝说调解工作，都没有效果。阿福是个没有经济收入的人，他住在文慧家里，吃的用的，都是要从她那微薄的退休金里开支。在经济上给她带来的困难，那是可想而知的。小百姓家庭的住所本来就不宽松，阿福又挤进来住，使得他们的生活更加不方便。

文慧希望阿福换个环境，把身体养好了能够找点事情做。最起码让他能够自己养活自己。现在既然他已经和金萍离婚了，如果今后他再找个合适的老伴，陪伴他过过日子。再熬过几年，等到阿福能够拿到退休金了，也就可以放心地安度晚年了。如果能够这样，文慧就放心了。

三十一　阿福的新生活

文慧按照时间掐算阿福从家里出去到现在，他应该早就到了。可是，一直没有接到阿福报平安的电话，文慧心里也犯嘀咕了。他这么大个人，不会出什么事吧？或许他是等都安顿好了再来电话也未尝不可，她思来想去，心里总是觉得不安。

超过了约定的时间，余之水没有见到阿福，也没有接到他的电话，余之水沉不住气了，他给文慧拨了个电话了解阿福的情况，文慧回答："阿福早就走了，按道理应该到了。"

余之水的问话和文慧的答话，形成了一个新的问题——阿福在哪里？文慧说："我联系不上他。"她说联系不上，这有几种可能，他可能没有开手机，或者所在的区域没有信号，或许还有另外的原因。这个问题一时找不到答案。他们推敲了一番，认为不会有事。如果有事，他不打电话来，别人也会打电话来。

正当文慧和余之水，为找不着阿福着急的时候，阿福的电话来了，"水哥！我是阿福。"

"你在哪呢？"余之水听说是阿福，他急着问。

"我在火车站呢。"

"在哪个火车站？"

"就你们这里的这个火车站。"

余之水问清楚了阿福具体在哪里，他说："你别动，我马上就来！"

他挂断了与阿福的电话，又马上给文慧打了一个电话，告诉她阿福已经到了钱塘市，让她好放心。

阿福没有到过江南，是第一次来到钱塘市，感到什么都很新鲜。他走出车站，四处张望。车站广场很大，围绕着广场的四周，有许多的商铺和饭店，他看到车站的斜对面有一家小饭店，挂着的招牌是"好再来"。阿福看着这个招牌，嘴里念叨着："看来这家饭店可能不错，回头客多。"

坐了几天的火车，人很疲乏，饭也没有好好吃过一顿，下了火车，他想先好好吃上一顿，再美美地睡上一觉，把这几天的疲劳解掉。他拖着行李走进了这家饭店，他点了两个菜，要了一瓶啤酒，一碗面条，坐在那里慢慢地吃。吃完了饭，他拿起餐巾纸，擦了擦嘴边的菜汤油迹，把擦脏了的餐巾纸扔在了桌上。他突然想到，这几天没有洗脸，就又拿了两张餐巾纸，胡乱地向脸上抹去，就这样擦擦，权当是洗脸了，擦完之后，他把擦脏了的纸依然扔在了桌上。这时，他才去口袋里摸出手机来，给余之水拨通了电话。

余之水离开河阳城时，阿福尚小。他在去往车站的路上，极力地回想着阿福的样子。

根据阿福电话里讲的地点，余之水在广场北面一家小饭店的门前，他看到了一个模样像是从北方来的人，身边拖着一个旅行箱，他向他走去。其实，阿福对余之水也是很生疏，他见有人向他走来，他估计有可能是水哥。他看着来人，用他那粗粗的嗓子，以几乎听不到的低低的声音叫道："水哥！"

余之水听到有人叫他水哥，他判定叫他的这个人肯定就是阿福了。这时他看阿福，满脸的皱纹，红红的酒糟鼻子，目光呆滞，苍老而又疲倦，没有精神，和他所想象的那个人完全不一样。

他伸出手去与他握道："来了！"

"来了。"

两个人相互打了招呼，又一起上了汽车。在路上，余之水问道："还没吃饭吧？"

阿福答道："在路上吃了。"

阿福含糊的回答，使得余之水误以为他是在火车上吃的。他带着阿福到一家饭店前，一起下了车。余之水叫了一些酒菜，招待阿福的到来。阿福才刚吃过，哪里还能吃得下，他不说明情况，只是喝了几口酒，挑着好菜吃了几口说是饱了。余之水看他吃不下，以为他路上辛苦疲劳，胃口不开，既然吃不下也不勉强，先安顿他住下休息。

在公司的门口有一个套间，外间是老刘值班住着，阿福被安排住在了里间。

阿福住下来已有几天了，余之水到他住的房间里看他，见送给他用的毛巾和牙刷都没有动用过，也没有见到他自己带来的牙具。余之水关切地问道："你在用什么刷牙？"

阿福听见问他，笑了笑答道："没刷。"

余之水望着阿福的嘴，疑惑地问道："那你是从家里出来到现在就没刷过牙？"

阿福还是笑笑答道："嗯。"

余之水又看了看他的脸，接着又追问道："那你的脸也没洗过？"

阿福这次回答得很具体："我平时不洗脸，到洗澡时一起洗。"

"哇！你可真行。"余之水被他这样的生活习惯所震惊，他这时又认认真真地对着阿福看去。阿福红红的酒糟鼻子周围，是横横竖竖布满了皱纹的脸盘；一双眼袋在眼睛的下方高高地鼓起；上眼皮多余的皮肤垂下来盖住了大半个眼睛；在嘴的周围稀稀落落地有几根胡须。余之水看着他的鼻子问道："你这鼻子怎么这么红啊？"

阿福抬起了自己的一只手，轻轻地摸了一下鼻子，解释道："不喝酒了就会好的。"

余之水劝他说："那你就别喝酒了！弄出个红鼻子，多难看。"

他低下头没有回话。喝酒还是不喝酒，对他来说，好像是个难回答的问题。他不想再和余之水说下去，他趁着余之水身子转过去看别的东西时，从他的身边悄悄地溜走了。余之水说完了话，却没有听到阿福的回话。他回过头来看时，发现阿福已走出了门外，正迈着缓慢的步伐，无声无响地向办公室走去。余之水没有跟过去，他记起了文慧托付的话：他是来养病的。离婚的打击使得他的精神不是很正常。平时与他说话，需要特别注意，不能刺激他。余之水尽量给他创造一个宽松的环境，让他能早日恢复过来。余之水见他走了，没有再去理他，自己去别处办理公司里的事情去了。

下午，余之水回到办公室，阿福正在与李经理谈天，似乎在说什么开心的话，他见了很高兴，他认为这样的环境对阿福的康复有帮助。他看到阿福说得忘乎所以，嘴角处的口水流了出来，扯着长长的细丝落在了地上。然而，阿福似乎一点都没有感觉到，他继续与李经理热烈地说着，看样子他当时很高兴精神很好。但是也可以看出，他的反应是麻痹和迟钝的。

阿福走了以后，李经理对余之水说："看样子他病得很厉害。"

余之水说："我看到了，我打算带他到医院去看看。"

余之水在古河医院为阿福求诊心理内科。医生看得很仔细也很慢，阿福进去了许久才出来。余之水见阿福出来，他赶紧走了进去，向医生问道："他的病情怎么样？"

医生问："你是他的什么人？"

余之水说："我是他的哥哥。"

医生说："现在初步来看好像是酒精慢性中毒，还需要再拍个片子，看看他的脑部情况。"

余之水问："检验单开了吗？"

医生回答："开了，在他手里。"

余之水从里面退出来，阿福等在门口。余之水从阿福手里接过开普勒脑部检验单："我们先去交费吧。"

交完费，两个人来到彩超室。医生接过单子看了看，手一扬，说："今天满了，明天也排不进，后天吧！你后天再来吧。"

"后天？最好能是今天。"余之水想和医生再商量商量，医生理也不理，扭头走了。今天肯定看不完了，后天还得再来一次，真麻烦。

阿福看看医生，又看看余之水，说："没用！"

余之水觉得遇到这样的医生，不好说话，他无奈地摇摇头，说："算了，后天再来吧。"

余之水带阿福去看心理内科这件事让他心里有些不舒服，他觉得余之水怀疑他精神有毛病，是瞧不起人。他心里不满意地嘀咕道："你怀疑我精神有毛病，真还说不上谁有毛病呢。"阿福从不认为自己有病，尤其是心理上。他认为也就是日子过得不顺，心里也就不顺，心不顺，气就不顺，这算啥病！还有酒精中毒也算是病？喝酒的人哪个不是酒精中毒？不喝了不就没事了，这和酒糟鼻子一个道理。阿福有实际的经验，有时候口袋里没钱，几天不喝酒，鼻子也跟着好了，不红了。再说，日子不顺，也都是钱搞的。这时候，他又想起了彩票——如果能中个大奖，什么问题都解决了。他还是把希望寄托在了彩票上。

　　说好了今天要去医院，余之水到公司找阿福。公司里的人说，阿福一大早就出去了，他走的时候，没说要到哪里去。余之水认为阿福是去了医院，他急忙向医院里赶，到了医院，他楼上楼下地找了个遍，也没有见到阿福。他又来到医院的大门口四处张望了一阵子，还是见不到阿福。他会到哪里去了呢？找不到阿福，他就不知道阿福今天检查的情况怎么样。余之水也想到他可能已经检查好了，找个什么地方去玩玩。既然见不到阿福，余之水很无奈，也就回了公司。

　　其实，阿福知道今天要到医院去做开普勒脑部检查，他早早地就来到了医院，等了一阵子，医院才开始工作。就是在这等的过程中，阿福的思想发生了变化。医院里一开始工作，他就把检查单子给退了，拿着退回来的钱乘车去了杭州的西湖。

　　河阳市处在东北大平原，见不到山山水水的风光，到了江南，看到花红柳绿，青山绿水，阿福感到十分新鲜。常听人说起"上有天堂，下有苏杭"。如今有了这个机会，为何不去玩耍一番。他乘车直奔西湖边上走去。

　　他来到湖边，手扶着石柱栏杆，定睛向四处张望，只见得西湖水面开阔，湖面上游船飘荡。远处的群山色彩苍翠，高低起伏，远近层叠。近处的山色浓重，远处的山色清淡，如同一幅水墨山水画。飘浮在山间的云雾，虚虚实实，如同海市蜃楼一般。阿福扶着石柱，凝视着飘移的云雾，生出一种虚幻的感觉，似乎自己腾云驾雾在山间漫游，飘飘乎不知所到何处？突然间，树枝间的两只黄鹂啼鸣声使他从迷幻中惊醒。

他抬头向树丛中看去，小鸟被茂密的树叶遮挡，只见枝叶摇动，却看不见它在哪里。阿福向树上找了半天，也没有看到小鸟躲在哪里，"还和我藏猫猫。"他不满意地嘀咕道。他想弯腰捡块石头去轰鸟，他低头找去，只见树下花草繁茂，蜂蝶在花丛中飞舞，却找不到石头。阿福不满意地说："这是啥穷地方，连块石头都没有。"

他寻不到石头，感到无聊。他撇开小鸟不管，向西湖方向看去，只见平静的水面上漂浮着游船。阿福在谈对象的那个时候，他和金萍也划过船。那个小水泡太小，没有西湖的水面大。他很想知道在这么大的水面上坐船是啥滋味，阿福决定去坐一次船。船在水面上飘荡，阿福感觉有一点头晕，晕得很舒服。环境和感觉激发了他的情感，上岸以后，他颇有一点诗意地说："美景像酒，也能醉人呐！"于是，他就想到了去找饭店，他觉得应该就着这么美好的风景喝上一盅，"对景当喝，人生几乐"啊！

三十二　阿福心中的家

从饭店里出来，阿福来到湖边上，看有一张座椅空着，他感觉有点困，就想在此眯上一觉，他坐了过去。说来也奇怪，方才他还困得要死要活，现在一坐下来却一点睡意都没了。他坐在那里，一会儿闭上眼睛一会儿睁开眼睛，越是想睡，却越是睡不着。他睁开眼睛，看见那些来来往往的游客，成双成对、三三两两地沿着湖边行走，勾起了他对儿子和老婆的思念。他坐在椅子上，假想着他们一家三口人一同在这里游玩的幸福场面。阿福想到他的儿子，心里就感到特别高兴和骄傲。他的儿子在单位里很受领导欣赏。大学毕业才几年，就做到了主任工程师、项目经理，现在每个月工资都已经拿到八千多元了。他爱自己的儿子胜过爱自己。他思念金萍，却对她总有些不服气，他还觉得金萍这个人没福气。就拿今天来说，她就没福气，没有他有福气。他今天能坐在西湖边上看风景，就证明他比她有福气。酒精开始在他的身子里发酵，他醉眼惺忪地看着美丽的风景，看着游人如织，他满意地笑了，笑声和着打鼾声从他坐着的座椅上发出。他搞不清楚自己什么时候就睡着了，醒来的时候他看了看天，又看了看周围的环境，觉得应该回去了。他站起身，沿着湖边，随着游人，向来时下车的方向走去。

三十三　藕断丝连

金萍和阿福虽然是离婚了，但是在阿福的心里，他还是没有放下金萍，时不时地又会想起他和她那段甜美的生活经历。他的心态依然还是停留在离婚前的状态。

他到了钱塘以后，在第一时间里，他想到的是金萍，而不是他的姐姐文慧。他给她打了个电话，告诉她他现在在江南的钱塘。金萍以为阿福去浙江是为了去打工赚大钱，她没有想到他是去养病的。她不认为他会有什么病，她知道他是有个懒的病。她记挂的是他的钱，她想到的是需要做做阿福的工作，让他把赚到的钱寄回来给她，她每天都与阿福联络并不是为了复婚。

公司财务向余之水反映，近两个月的电话费突然增加很多。余之水说："会不会有谁冒用我们的账号，你抽个时间到电话局去查查。"

出纳员从电话局拿回对账单。其中，约有三分之一是钱塘与河阳之间的通话记录。余之水看着对账单上的几个陌生号码，他怀疑是阿福打的电话。他知道阿福的精神状态不大好，这种事找他去了解不太合适。他直接和文慧拨通了电话，文慧说："这是金萍的电话号。"

余之水不懂了："他们不是离婚了嘛，怎么还会有这么多电话？

看账单，差不多每天都打电话。"阿福来了以后，他每天早上或者晚上，避开公司上班的时间与金萍通话。少则一两分钟，有时候两个人竟可以讲上一两个小时。多数都是阿福打过去，有时也有金萍打过来。金萍打来的电话都是几秒钟就断了，然后又换成阿福打给她。他这样做可能是金萍教的，为了能够给她节省电话费吧。

只是通过电话，还是不能足以表达金萍的想法，她后来又给阿福写了一封信，信写得情意绵绵，信中是这样写的：

阿福：

见字如面！你走了以后，我也常常想起你我的事，儿子对我很不满意，到现在他还不愿理我，我理解儿子的心情。想想过去，都怪我过于任性，我有责任。但是，事情已经如此，就是后悔也无用了。儿子还是我们共同的儿子，儿子人内向，在社会上容易吃亏，你平时也要对他多关心一些。他最近在考研，工资收入减少很多，你手里有钱也帮他一把，一方面可以解决他经济上的紧张，另一方面也让他感觉到父母对他的关爱。

此致！

金萍

阿福双手捧着金萍的来信，躲在寝室里悄悄地看，由心底里涌起一股甜和苦交织的情感，鼻子一酸，眼眶就湿润了，泪水顺着鼻子流了下来，落在了信纸的一角。他没有哭，他拧了一把鼻涕，甩向一边，点了一支烟，抽着烟默默地坐了许久，才深深地叹了一口气，将来信小心地叠好装入信封。然后，他走到床前拉起枕头，把信小心地压在了枕头下面。

金萍给阿福的信和电话都没有得到阿福的积极回应。金萍急了，她给儿子打了一个电话，让孝礼有机会去钱塘看看他的爸爸。过了不久，孝礼给阿福打来一个电话，说是最近他要到广州办事，回来的路上顺便过来看看他。阿福自从接到儿子要来看他的电话后，他的心里就不平静了。他每天早上和晚上不停歇地去街上看，由于他不知道他的儿子是从哪个方向上来，他向左向右扭着头地看。一个月过去了，他没有见到他儿子的踪影，两个月过去了，他还是没有见到他儿子的踪影，他泄气了。这时候的他感到特别孤独和寂寞。在孤独和寂寞的时候，他就要寻些酒喝，在醉酒的昏迷中麻醉自己的情感，平抚自己受伤的心。

三十四　生活的乐趣

东方刚一发白，休息了一夜的小鸟，站在树梢头鸣叫个不停。麻雀、白头翁、八哥、杜鹃等众多小鸟鸣叫的混合声搅乱了阿福的梦，他用手背揉揉眼睛，坐了起来，向窗外看了看，觉得现在起来太早。他拉了拉被子，又躺了下去。方才他还觉得没有睡够，不愿意起来。现在再躺下去，要想再睡，却无论如何也睡不着了。阿福瞪着一双眼睛，躺在床上，像翻烧饼似的翻了一阵子，觉得睡不着更难过，还是干脆起来吧。

阿福穿好了衣服，漫步行走到街上，看了看天色还早，街上行人很少，他突然想起在附近有个家禽批发市场，他想过去看看热闹。他在批发市场发现了一个重要的商情，那里每天早市，都要就地处理刚下来的鸡蛋、鸭蛋，很便宜。他马上返回住处，取了一个脸盆，又回到市场上买了一盆鸭蛋，回来马上就煮了几个，早饭吃的就是煮鸭蛋。

阿福今天有所收获，心情特别好。到了公司上班的时间，他也来到公司的办公室，和他们搭腔聊天，他说："我今天起了个大早，买了一盆鸭蛋，便宜！"

李经理说："你买那么多鸭蛋干啥！准备做生意啊？"

阿福答道："什么话啊，吃就不能多买了。"

李经理和他逗趣地说："那倒是，吃鸭蛋好，不用洗。"

阿福说："不洗怎么行！蛋壳上有鸭屎。"

李经理开他的玩笑说："又不吃蛋壳，有屎有什么关系。你烧青菜不是都不洗嘛！"接着李经理转过身来，跟余之水说："人家阿福烧菜方法独特，青菜拿过来不用洗，也不用切，用手撕几下就扔到菜锅里炒了。"

余之水听了吃了一惊，他看着阿福问道："是真的吗？"

阿福微笑着解释道："油锅里温度那么高，什么东西放进去也都没了。"

余之水不赞同阿福的说法："那怎么行！不要看表面没有泥土就以为是干净了，现在的菜上多数都沾有农药化肥，一定要洗的，不洗不能吃。"

李经理说了："阿福不仅菜不洗，米也是不洗的。大概是因为北方缺水，阿福省水省惯了，到了南方还是不舍得用水。"

余之水听了李经理拿阿福开玩笑的话，不高兴了，他回道："你别埋汰人了，这叫什么省水！"

阿福可不是为了省水，而是为了省事儿。阿福式的烧饭，米菜都不洗，省水。但是，阿福式的洗衣服，可就不省水了。他洗衣服大致如此：一、洗脸盆里倒进洗衣粉，把衣服放脸盆里面泡一到三天；二、拎起泡过的衣服，上下投两下，然后把盆里的水倒掉；三、衣服放在盆里，拿到水龙头下，细水长流地漂洗，从早晨到晚上，或者从晚上到早上，看看盆里的水清了，再将衣服拎出盆，不用拧，直接搭到绳上晾；四、等到什么时候要穿了，再去看看干了没有。省事儿。凡是阿福穿过、洗过的衣服，白色的后来成了灰色，黑色的后来也成了灰色，"灰色"是阿福生活的主要色调。

菜场在镇上，阿福每天都要到菜场上转一圈，走走路，活动活动筋骨，顺便再买点菜或者什么其他东西。

有一天，阿福从菜场回来，有一只小狗跟在他的身后，他没有察觉。这是一只黄灰色的家犬，大约有六七个月大的样子，明显的特点是没有尾巴。这只狗一直跟着他，到了家门口，阿福才发现了它。阿福疑惑地看看它，它怎么会跟在身后？小狗用亲昵乞求的目光看着他，他有一种奇怪的感觉，好像这只小狗与他有一种缘分。他看得出这是一只没有家的流浪狗，阿福可怜它，收养了它，他根据小狗的毛色给它起了个名字叫"小黄"。有了一个新伙伴，阿福每天做饭时都要给它带出一份来。如果不够吃，他还会到别人那里为它讨些剩饭。晚上，"小黄"就睡在他的房间里。他俩相依为伴，平时闲着没有事的时候，阿福常和它唠闲嗑，有许多不愿意和别人说的话，都会讲给它听。"小黄"成为他最好的朋友。

秃尾巴狗"小黄"有了安定的生活，又有阿福对它的照顾，它长得很快，几个月下来，就和大狗差不多了。看得出来阿福很喜欢它，常常拿些东西来逗它玩，"小黄"玩得很欢，他也很高兴。"小黄"长大了，能为他看家了。如果有生人到阿福的房间里，它总是虎视眈眈地看着生人，做着防范的架势。

有一天，"小黄"自己出去玩耍，遇到一只野猫，与它打了一架，屁股被野猫抓破了。挂了彩的"小黄"回到阿福身边，阿福看见了很心疼，他到厨房找出一只旧碗，抓了一把盐，用温水调开，拿来给小黄用盐水洗伤口，痛得"小黄"哀哀地低鸣。但是，它忍住疼痛没有躲开，它知道阿福是在给它疗伤。伤口的血腥气味招来苍蝇的叮咬，"小黄"没有尾巴，不能驱赶苍蝇。几天以后，"小黄"还是由于伤口感染死了。它死得很安静，趴在阿福床前的地上，没有发出痛苦的叫声，静静地闭上了眼睛。阿福是在第二天早上喂它饭时才发现。阿福看着"小黄"的尸体，呆呆地看了许久，他很伤心。过了好一阵子，他好像是才缓过神来的样子，站起来，拿了一把铁锹出去了。阿福在河边一块僻静的地方，给"小黄"找了个安身处，把它埋了。又折了一支柳树枝，插在了"小黄"的坟土堆上做了个记号，以后想它的时候好过来看看。

因为"小黄"的死，阿福这一天的精神都不大好，和谁也没有说话。公司下班人都走了。阿福回到自己的屋子里转悠了一阵子，没有像往常那样去烧饭，他关上门，去了镇上。"小黄"死了，他好像也失去了日常的乐趣，连烧饭也没有了心思。又不能不吃饭，于是他就到街上去买了些现成的回来。阿福把花生米、牛肉、菜包子分别放进碗里，又拿一只空碗，倒进半碗老酒，端起来，把酒浇在了屋里地上，嘴里叨念道："小黄，朋友，走好！"他叨念完，酒也撒完了，这才坐回到桌子旁，拿起酒瓶来，给自己倒了一碗酒，端起碗来喝了一口酒，筷子夹了一块牛肉，放在嘴里慢慢地嚼。他放下筷子，伸手去摸口袋，想找支烟抽。手都摸到烟盒了，突然想到嘴里还在嚼着牛肉，嘴巴没有空抽烟。阿福刚才正好是夹了一块带筋的牛肉，喝的那一口酒，早已进到肚子里了，嘴里的牛肉还没有嚼烂。他有点不耐烦了，端起酒碗想喝一口酒把它冲下去。一口没有作用，又喝一口，还是没有作用。气得他端起碗来，一口气将一碗酒全都喝了下去。放下碗，拿起筷子，想夹口菜吃，拿起的筷子撞在了空酒碗边上，撞出一声悦耳的响声。他放下一只筷子，只拿一只筷子敲空酒碗，嘴里唱道："秃尾巴小狗，好命苦，到处流浪啊，没有父母；秃尾巴小狗，好命苦，到处流浪啊，没有家住。"他想到他的小狗心里就难过。唱了两句，他就唱不下去了，眼泪水顺着鼻子就流了下来。他哭了，他开始是默默地流泪，他想到"小黄"，又想到自己；想到自己，又想到"小黄"。命怎么都这么苦啊！他想得伤心，控制不住，竟然放声号啕大哭起来。他的哭声惊动了隔壁的小莫和老江，他们走过来劝阿福说："死了一条狗，至于这么伤心嘛！要是喜欢，明天再去找一条狗来养。"阿福见有人来了，收住泪水不哭了。

第二天，老江和小莫在公司里说："你别看阿福这个人邋里邋遢的，心还是挺善的，昨天那条秃尾巴狗死了，他伤心地哭了大半宿。"他们都很同情阿福失去了秃尾巴狗"小黄"，也同情他。

"小黄"死了，阿福又落入了孤独的生活当中去了。他抽烟，又喝酒。阿福觉得酒这玩意儿是个好东西，没有理由不喝。他说遇到好事庆祝一下，要喝庆功酒；过年过节，全家要喝个团圆酒；朋友相聚要喝酒；闲着没事要喝酒；累了要喝酒，解乏。现在"小黄"死了，阿福常常为它伤心，寻些酒来喝，解闷。

三十五 漏 洞

公司里出了点事，今天一上班，李经理就来向余之水汇报，说是昨天夜里丢了两卷电缆，价值大约一万多元。余之水问："有没有报案？"

李经理说："没有，等你来了做决定。"

余之水说："保护现场，赶紧拨 110 报案。"余之水报案以后，警车很快就到了。来了四个民警，对现场做了一番勘查，又问了一些情况，也没有说什么就走了。

公司里的修理工小丁子嫌疑最大，他前天拿了工资，昨天上了一天班，今天没有来。

小丁子昨天夜里偷了两卷电缆，今天拿着找到了钱强。钱强看了看，还是蛮新的电缆，他又看了看小丁子问道："这么好的电缆，你是从哪里弄来的？"

小丁子说："你先说要不要吧？给个什么价钱？完了我才能告诉你。不过，告诉你可以，但是要收咨询费哦。"

钱强笑了笑，不以为然地说："你说的是哪里话，有价值吗？"

小丁子答道："当然有价值。"

钱强对他的这句答话产生了兴趣，他想看看小丁子葫芦里到底卖的什么药，他问道："你说说看，如果你讲的情况有价值，我会给你钱的，我钱强从不食言。"

小丁子心里很明白，不告诉他，主动权在自己的手里；告诉了他，主动权在他的手里。他讲得好听，兑现不兑现，谁能保证。他后来想了想，觉得说了对自己也没有什么不好的影响，送个人情算了。如果他愿意还我这个人情更好，他的承诺兑不兑现，就看他的人品了。

小丁子一五一十地向钱强讲了阿福的情况。钱强吃不准小丁子讲的事情是真是假，他觉得小丁子这小子狡猾得很，他不能被他要了，他进一步探询地问小丁子："那个单位你还去上班吗？"

小丁子说："我就没打算多做。我是'打一枪换一个地方'，拿了工资就走人了。你想想看，就靠那点工资能过日子吗？"

钱强说："那别人不是也就这样过日子嘛。"

小丁子继续念叨着他的"偷盗经"："辛辛苦苦地干一个月，才能拿几个钱？我了解好他的情况，一个月捞一把就走，不比干活强啊。"

钱强说："你这不是去打工，是去卧底。你总这么干，早晚还不把你抓着啊。"

小丁子很自信地答道："抓不着！我那个身份证是假的，他们翻遍地球也找不到我。"小丁子说他在街头见到一个制作假证件的就做了一个。后来，他用这种办法做了好多假的身份证，换一个地方就换一个身份证，谁也不知道他的真实身份。

他干这种事，专门挑那些管理漏洞多的小单位去做，管理严格的单位他也不敢去，怕露了馅被抓住。

钱强带着一个帮手小黑子，根据小丁子指点的路线找到了阿福。

阿福正在准备做晚饭，钱强见了说："正好我们也没吃，你就不用做了，我们一起到外面吃点算了。"

阿福本来就是个不愿意干活的人，听说可以吃现成饭，他放下手里的饭锅，跟他们去了饭店。钱强问阿福："喝什么酒？"

喝什么酒？阿福是很有研究的，冬天喝老酒，夏天喝啤酒。现在是夏天，天气热，就说："喝啤酒吧！这么热的天，喝点啤酒凉快凉快。要冰镇的啊！"阿福喧宾夺主地冲着服务员替钱强说了。阿福不用别人让，也不让别人，自己找了一个座位就坐了下来。从口袋里摸出一支香烟，在桌子撮了两下夹在了嘴上，然后用打火机点着了。

钱强看着阿福抽烟的连续动作，开口问道："吴师傅喜欢抽烟呐？"

阿福回答道："抽点，不多。"

钱强说："都抽什么牌子的？"

阿福回答："都是国产烟，一般的烟。"

钱强拿起烟盒看了一下，对他的帮手小黑子说："你去旁边的小店里，给吴师傅拿一条这个牌子的香烟。"

酒菜上来以后，三个人杯盏交错，话语投机，不知不觉中竟已是夜里八九点钟了。钱强端起酒杯站起来，冲着阿福说："吴师傅，你是个好人，今后我的事情还请你多加帮忙。今天已经挺晚了，来！我们干了这杯，以后我们有时间再喝！"

三十六 "我想给你跑业务"

夏天过去了，天气渐渐凉了。秋风吹落了的树叶沿着路边翻滚。秋天的夜晚清冽凉爽，阿福坐在门口乘凉，夜空中大雁飞过时的鸣叫声勾起了他对家乡的思念。这时东北大地上的庄稼早已收完了，各家各户应该做着过冬的准备了。阿福对着一瓶绍兴老酒、就着小菜慢慢地享受。休养一年多，阿福的身体状况明显有所好转，他的脸色开始红润起来，精神也旺盛了许多，他知道自己可能要回去了。他搞不明白，自己是喜欢回去，还是喜欢留在这里。有一天，在余之水的办公室里聊天，阿福说："水哥，现在我的身体很好了，我想给你跑跑业务，行不行？"

余之水看到他的气色确实比来的时候好得多了，感觉也松了一口气，没有辜负了文慧的托付。他对阿福说："你能有这样的想法，好啊！找点事情做做，可能对于你的身体更有利。"他停顿了一下，接着说，"我觉得你首先应该放在养好身体上。要跑业务你还得好好学习，你知不知道我们公司是做什么生意的？"

阿福回答："不知道。"

"还是嘛！所以你需要利用一段时间来学习一下公司里的业务知识，然后你还要学会听懂当地人说话，不然你怎么和人家谈业务？"

余之水的意思是让他先准备起来，不是说想做就能立刻就去做的。

　　阿福把跑业务看得很简单，他听了余之水的话之后，感觉有些犯难了。

　　余之水是诚心想让他出来干点事，又觉得他有许多方面需要做些改变。他说："还有，还得给你包装一下，衣服还好办，花钱买一套就行了。只是你的那个红鼻子，需要你自己做出努力了。你出去了，你的形象也会影响到公司。"

　　阿福听到这里不愿意听了，他听出来了，说到底水哥是想让他戒酒。

　　他希望能留下来，但其实他更想念家乡，他想回家，又担心回去生活没有出路。走也忧，留也忧。忧愁使他增加了对酒的迷恋，借酒消愁愁更愁。由于不肯戒酒，他的精神状态逐渐变得更差了。

三十七　住　院

自从他和钱强挂上钩，手里就常常会有些闲钱可以使用。他懒于烧饭时，一日三餐常常到小店里买啤酒、糕点当饭吃。终于有一天，因为喝酒过多惹来大祸。

余之水坐在公司的办公室里，一个上午没有看见到阿福的身影，他问李经理："今天怎么没见到阿福啊？"

李经理回答道："大半天了我也没有看到他，会不会是一大早出去了？"

"我去看看。"余之水说去就去，话音刚落，人就已经站起来走出了房门。他来到阿福的住处，想看个究竟。他推门进去，门没有锁，房间里空气混浊，气味极其难闻。余之水看到阿福还躺在床上打呼噜，他嘴里嘟囔着说："都什么时候了，还在睡觉！"余之水走到床前，用手摇了摇阿福叫他起床，阿福不理他，继续打他的呼噜。余之水继续用力推了他一下，他的身体僵硬不动。余之水觉得情况反常，他认为阿福一定是生了什么重病，或者是昨天晚上吃了什么不干净的东西食物中毒了。他赶紧给120急救中心打电话求救。

在古河医院的急诊室里，以最快的速度对阿福的病况进行了检查，医生拿着B超片子对余之水说："他是脑干出血，非常危险，需要进行抢救。"

余之水听到这种情况非常着急，他立即给文慧打电话，将阿福的情况告诉了文慧，接着又给文祥打了电话。文祥接到电话对余之水说："你赶紧让医生抢救，我们马上过来。"

余之水说："应该通知他的儿子，老婆离婚了，儿子是他的主要亲属，有很多的事情是需要他的儿子出面办的。"

文祥说："好！我马上和孝礼联系。"文祥说是与孝礼联系，实际上他与文慧通了电话，知道文慧早他几分钟也知道了阿福的情况了。

有则成语叫作"爱屋及乌"，它的反义词叫"恶其余胥"。意思是说：爱一个人，就连落在他家屋顶上的乌鸦都会觉得可爱。讨厌一个人，就连他的房子的墙壁和篱笆都觉得讨厌。后一句话形容孝礼对阿福的态度正好合适。

阿福是孝礼的爸爸，但是他对阿福的看法不好，就连凡是与阿福有关联的亲戚朋友，他都认为不好，不与他们往来，文慧也不放过。文慧是阿福的姐姐，也是他的亲姑姑，文慧给他打电话他不接，文慧着急了，她就去找了金萍。她将阿福的情况说给金萍听，金萍听完了文慧的述说后，她冷冰冰地没有什么表示，从口袋里摸出手机，给妹妹金荏打了电话："金荏啊，脑干出血是什么意思？"

金荏说："脑干在小脑的下部，这个部位出血很不好。"

金萍问："怎么不好？"

金荏说："一般脑干出血都活不过 24 小时。"

"啊？"金萍没想到会是这么严重，她想这回阿福可能是躲不过这一劫了，她得让孝礼去看看。阿福还活着，他们父子还能见上一面，如果阿福死了，孝礼也得过去处理一下后事。

金荏不知道金萍为什么问了一连串的关于脑出血方面的问题，她问金萍："是谁脑干出血？"

金萍回答说："阿福！"

金荏听说后吃了一惊："啊？是他，怎么会这样？"

金萍征求金荏的意见，她放低了声音说："我想让孝礼去看看阿福。"

金荏说："那当然了！那是他的爸爸，不去看看怎么行！这次说不定就是最后一面了。"

金萍放下金荏的电话，又给孝礼打通了电话，让他到钱塘去看看他爸爸的具体情况，她说："听你小姨讲，你爸爸有生命危险！可能活不过 24 小时，你必须得去一趟，可能需要你处理后事。"

孝礼接到金萍的电话后，心情异常复杂。他舍不得向单位请假，他在单位里工作学习都非常努力，人聪明又能吃苦肯干，工作也很有成绩，很得领导的欣赏。和同事之间的关系也很不错。他觉得自古以来忠孝难两全，家里的事情让他烦恼。爸爸妈妈的离婚，让他感到脸上无光，他在别人面前从来不提父母的事。阿福的红鼻子也是让他烦恼，使他羞于和阿福站在一起。阿福始终是给他带来麻烦的人，不如妈妈好，金萍给他带来的都是好处。这么大的一个人了，喝酒喝得脑出血，这让他又气又恼又无奈。不去，别人要说不孝；去了，必然会影响工作，影响前途。真是忠孝不能两全。现在既然妈妈说了，让他去看看，他不去就说不过去了。

现在的交通方便。当天，文慧在文祥的儿子孝义的陪伴下乘飞机到了钱塘市。孝礼乘坐飞机也从渤海市赶了过来。

孝义在医院附近包了一间旅馆，孝礼没有另开房间，他与文慧、孝义三个人挤在了一个房间里。他们放下行李，一起赶往医院去看望阿福。阿福在重症监护室里抢救，生死不明。

医生说："你们是他的亲属，我把他的病况给你们介绍一下。"医生说阿福的出血点压迫着主管心脏的中枢神经，随时都有死亡的可能。医生拿出一份病危通知书，让孝礼在上面签字，他说："你爸爸的生命现在很危险，希望你随时都能待在现场，有情况好和你联系。"

孝礼听明白了，他爸爸现在还没有死，随时都可能死。他不满意医生的要求，治病救人是医生的事，病人要死，医生都拉不回来，让我一个外行人待在这里有什么用。他不愿意留在医院看护阿福。

重症监护室不让家属进去，文慧向医生求情，希望能进去看看阿福，文慧说："我们大老远赶过来，能不能照顾一下，让我们看上一眼？"几个穿白大褂的医生，走到一起碰了个头，他们研究后同意，让他们一个一个分别进去看看阿福。

孝礼走到阿福的床前弯下腰，低声地叫了一声"爸爸！"阿福闭着眼睛，戴着氧气罩躺在床上，对于孝礼的到来和呼唤没有任何的表示。孝礼觉得阿福对他的呼叫反应得无声而又无情，他直起腰来，凝视了阿福一会儿，他见他面容安详，气色也不错，均匀地打着鼾声，一副沉睡的样子看不出是个病危要死的人。孝礼想会不会是医生在吓唬他，他不满意医生的态度，他讨厌阿福躺在这个地方，他觉得妈妈给他打来的电话有点大惊小怪，他对妈妈的说法表示不满意。走出重症监护室，孝礼给金萍打了一个电话，把在医院里看到的情况告诉了金萍。他说："我一看到医院就觉得不舒服，血压好像升高了很多，我感到很压抑，精神都要崩溃了。"他向金萍诉完苦后，接着说，"我想回去，如果再留在这里，我也可能要住医院了。"

金萍听了儿子的述说，她劝儿子别着急，事情已经如此了，急也没有用。其实她心里比谁都着急，她放心不下她的儿子，担心她的儿子在那边有个三长两短叫她怎么活啊！在这个时候，决不能再给她的儿子火上浇油。她安慰他说："已经在那里了，明天你再去医院看看就回来吧。"

孝礼没有留在医院里照看他的爸爸吴文福，文慧和孝义要回旅馆休息，孝礼也跟了出来，文慧说："医生说不是让你在医院里照看你爸爸的病况吗？"

孝礼低下了头，没有立时回答。他接到金萍的电话，是让他过来处理阿福的后事，现在的情况，看来完全有可能不是这样，他的心里有些烦躁，他觉得留在医院里照看阿福，并不是一件多么光彩的事，他是个年轻人，很要脸面。他的爸爸是喝酒中风，他觉得阿福实在是很不争气，给他丢尽了脸。他一边跟着文慧和孝义一起往外走，一边说道："用不着留在这里，他现在昏迷不醒，啥也不知道，有医生看着就行了。"孝礼执意不肯留下，让文慧也没有办法。

三个人一路上各自想着心中的事，心情郁闷地回到了旅馆。简单地洗了洗就都睡下了。

第二天在医院里，三个人先后去看过了阿福，文慧对孝礼说："你到缴费处，把住院费先交上一部分吧。"

孝礼不想为阿福看病花钱，他将头扭向另一边，装作没有听到文慧对他说的话。文慧也真以为他是没有听见，她觉得这件事应该由他这个做儿子的去办，现在一定要向他说清楚。她走到他的身边又说了一遍。孝礼对站在他面前的文慧无法再躲避了，他也只好直白地说："我来的时候，妈妈没有说是在抢救，我也没带钱。"

孝礼不肯拿钱，让文慧慌了神。阿福还在抢救期间，若钱不能及时交上去，将影响到对阿福的抢救。孝义看到文慧着急，他走过来对文慧说："姑姑，公司里的两万元钱还在我手里，先拿这两万付上吧。然后再让孝礼赶紧想办法，汇些钱过来，当前抢救他爸爸的事要紧！"

文慧和孝义一同去将住院费付上。孝义说："我不能在这里多待，家里的公司还有很多事情等我去办，我想今天晚上就回去。"

文慧说："也好，都在这里花销挺大，也使不上什么劲。你回去到我们家里跟你姑父讲一声，让他再筹几万元钱寄来。我看他那个孩子有点靠不住。"文慧说的那个孩子，指的就是孝礼。

孝义对孝礼的做法也觉得可气，他说："不是有点靠不住，我看是完全靠不住。你猜他干啥来了？是来收尸！根本就没有抢救他爸爸的想法。天底下还有这样做儿子的？"

孝礼的做法确实过分，他后来用自己的行为证明谁也没有屈说了他。孝义走了以后的第二天，孝礼向文慧说："我们单位的领导刚才打来电话，让我马上回去。"

文慧听孝礼说要走，她可急了："那哪行啊！你爸爸还在抢救，没有脱离危险，你怎么可以离开？"

孝礼狡辩道："单位里有要紧事，领导一定要我回去，我不去怎么行啊？"孝礼不听文慧的劝说，拉起他的旅行箱就走，文慧拉住不肯放，孝礼气急败坏地扒开文慧的手，将文慧用力往后一推，把文慧推得倒退了好几步，两腿站立不稳，一屁股坐在了地上。她眼睁睁地看着孝礼拖着行李向一辆出租车跑去。文慧伤心而又无奈地坐在那里，指着他的背影，捶着地，痛哭了起来，痛恨弟弟怎么会养了这么一个没有良心的儿子。

孝礼走了，让文慧急得没办法，她想把事情跟金萍说说，让她劝劝她的儿子。她拨通了金萍的电话："金萍啊，我是文慧。"

金萍拿起了电话，听是文慧打来的电话，她说："姐，是我。"

文慧说："你说说孝礼这孩子，可真拗！说走就走了，怎么拉都拉不住。"

金萍说："他待在那里也没啥用，空耗在那里，还不如早点回去上班，还能赚点钱。"

文慧说："可是他爸爸还处在病危抢救的状况中，他怎么可以走呢？"

金萍说："他又不是医生，能插上手吗？"说完她就把电话给挂了。

文慧见电话断了，她再打过去，电话关机了。儿子不懂人伦道德，文慧希望金萍这个做娘的能够对她的儿子说教说教，没想到娘还不如儿子。文慧对这娘俩真的没了办法。儿子不讲道理，他的娘也不讲道理。文慧想，只好去找他单位的领导说说了，让他的领导好好教育教育他。

文慧拨通了孝礼的单位电话，也找到了他的领导。文慧将最近发生的这些事和要求，向他的领导细细地述说了一遍。这位领导也确实具有做领导的功夫，他全程听完了文慧申诉的情况，也说了几句深表同情的话，就此就算结束了。以后文慧再打他的电话，不是忙音，就是无人接听。可以理解，大领导管的是那些大事情，顾不过来管这些鸡毛蒜皮的小事。再说了，清官难断家务事，无论是哪个做领导的都不愿意陷进这样的泥坑里来。

孝礼走了，没有再回来，也没有了他的音信。他没有在世上消失，而是隐居了，潜伏了，你找不到他了。他说他回去筹集钱给阿福治病，却始终没有寄来一分钱。钱和他一样没了音信。

电话和他联系不上了。刚走的那几天，他把手机关了，后来手机又开了。虽然他的手机开着，但是打给他的电话，即使打通了他也不接。他知道是谁打来的电话，文慧的电话他不接。

孝礼是个很内向的人，这一点他不像金萍，倒像阿福。他和别人的思路不一样，他只认自己的理，不管别人怎么说。孝礼在医院里，看到了阿福的病况，他的心里恨和爱交织在一起，很矛盾，阿福毕竟还是他的爸爸。孝礼是个自私的人，他把事业和爸爸，前途和爸爸的病，放在他的心理天平上称了又称。他觉得回单位工作比留在医院里照看爸爸更为有利，他决定回到单位上班。他知道不回单位上班领导是要批评的，不管爸爸，领导是不会来过问的。他想通了，领导是不会管的，坚定了他不管他爸爸的决心，孝礼走了，没有回来，也没有将给阿福看病的钱汇来。孝礼认准了要走，他有他的道理，文慧哪里还能留得住他。再说钱吧，是用来给爸爸治病的。孝礼认为，如果以后不生个一男半女的，有悖于"不孝有三，无后为大"的常理，那怎么可以，成家就得用钱。现在如果把钱用在一个要死的人身上，就要影响到他的成家大事。如此说来，钱一个子儿都不能寄出去，大不了别人说我不孝而已。不孝就不孝吧，不是说"不孝有三"嘛，顶多也只是三分错，没有什么了不起的。他认准了不管阿福的死活，也只不过是三分错，他就是不管阿福的医药费了，任由你们去说。

手机关机这不是他的主意，是听了金萍的一句话"不要再和他们啰唆，和他们纠缠不清"。他就把手机关了。

关机有利有弊。他的女朋友打电话来找他，他关机，和他联系不上，女朋友急了，把电话打到他的同事那里才联系上他，她对孝礼发火了。对于关机的事，他对她解释不清楚了，他也不敢将事情说明白，把事情说透亮了，这段姻缘可能就黄了。现在，他也只好又把手机打开了。文慧她们那一群人的电话他都知道，可以不接，这一点他很能搞得清楚。

孝礼这个做儿子的人，竟然可以扔下他的爸爸不顾一切地走了。文慧很气愤，她做不出这样的事来。阿福是她一母同胞的弟弟，手足之情，使得她义无反顾地留下来照看阿福。文慧先是回到旅馆退了住房，她住进了阿福的病房里。一方面是为了省钱，另一方面也为照看阿福更周全一些。阿福瘫痪在床上，生活不能自理。白天里，她要照看阿福，打针吃药、喝水吃饭、拉屎拉尿，晚上就睡在阿福病床旁的凳子上。一天 24 小时，没日没夜地看护着阿福的病情。

余之水过来看阿福的病情，文慧向余之水述说着这几天的情况，泪水顺着眼角流了下来。余之水说："别着急，在这里还有我呢。要用钱，先从我这里拿着用。我的这个烂公司把我拖住了，什么也干不成，要不然我来替换你一下，你一个人盯在这里很辛苦。"

"水哥，没事，我顶得住。老宋那时候住在医院里，就是我一个人在医院里待了一个月。"文慧听余之水要来帮她，她不肯，她说她有经验。

余之水说："此一时彼一时了，那时候你不是比现在还年轻几岁嘛。"

"水哥，没事！你忙你的。"文慧坚持不让余之水来。

文慧在这二十几天里照看阿福，自然非常辛苦遭罪那是不必说了，就是人也累得瘦了一圈，体重轻了十几斤。

一般来说，陪护的家属要比病人本身辛苦得多。文慧对阿福，是赔钱搭工夫又加上很辛苦，然而，阿福的儿子对此并不领情。看到孝礼那副德行，文慧也想甩手不管了，却就是放不下手足之情。换了别人遇到这样的事，憋了一肚子的气，谁也做不到。

脑出血患者，第一个疗程一般需要三周到四周，一个疗程下来阿福没有死，病情好转了。医生说可以出院了，可以回家做康复治疗了。文慧觉得阿福一个疗程完成了，她的这一阶段的事情也做完了，可以把阿福移交给他的儿子孝礼了。文慧与孝礼联系，孝礼不接她的电话，她又与金萍联系，金萍也不接她的电话。文慧没办法了，阿福算粘在她的手上甩不掉了，真愁人！这几天，文慧一直在考虑着这件事：出院以后，阿福到哪里去康复治疗？愁绪纠缠得文慧寝食不安。到了要出院的日子，文慧只好又找到余之水。余之水觉得文慧一个女人还要带着个病人走不合适，他说："要不我看这样吧，我这里可以安排个人送你与阿福一起回去。"

文慧觉得太麻烦余之水有点过意不去，她犹豫再三，她也感觉到单独一人来完成这件事确实困难，她把眼光向余之水望去，寻求他的帮助："水哥，你就帮助买两张下铺的火车票吧，然后找人把我们送到车上就行了。那边的事我有安排，我会叫他们进到站里来接的，你放心，没有问题的。"

三十八　回　家

文慧不仅能吃苦，办事也很稳妥。两天以后，文慧打来电话告诉余之水，他们已经回到了河阳市，很顺利。余之水问阿福怎么安排的，文慧说考虑再三觉得还是把他安排在养老院更好一些，那里有人照看，吃饭按时按点，条件比在家里好。

阿福回到河阳后，身体恢复得很顺利，吃喝拉撒现在都可以自己去做了。他一天天向健康的高峰攀登，在我们看来轻而易举的事，现在对他而言却需要做出很大的努力。

人不生病时，体会不到健康的价值；一旦身体有了毛病，才能够体会到人活在世上唯有健康才是最可贵的，其他很有价值的东西，如果和人的健康相比时，就都不值钱了。

自从听说阿福回来了，金萍的心就没有平静过，她很想过去看看阿福的病情，却又担心自己去了引火烧身惹来麻烦。去，还是不去，在金萍的心里斗争了很久。

孝礼来电话与妈妈商量，他说他的女朋友想要见见爸爸妈妈。他问金萍阿福的情况怎么样，金萍回答不出来。为了儿子，她决定去看看阿福。

那一天，金萍为了要去看阿福，她找出多年不穿的旧衣服，为了阿福，故意把自己打扮了一番，使人看上去朴素得如同是一个收破烂的老太婆，这样好使得阿福看了觉得家里的生活很困难，她自然是要空着手去看他了。

阿福躺在床上听见门响，他见推门进来的人是金萍，感到非常意外。他激动地想起来，努力了一下没有成功，又躺了下去。金萍明白了他的意思，紧走上来两步来到床前，她扶住他，关切地说："别起来，你注意身体！"她扶他坐好了后接着说，"听说你回来了，我过来看看你。"

阿福听了越加激动得不知如何是好了，他冲着金萍舌头不打弯地在喉咙里说了一句什么。金萍没有听清，她也不想弄明白他的意思，她自顾自地问他："你现在感觉怎么样？"

阿福努力地稳了稳神，一字一顿地说："我好多了。"

金萍说："当初我让你戒烟戒酒，你还要与我吵架，你听了我的，哪里还会有今天，现在你看看你多遭罪！"

在戒烟戒酒的问题上，阿福和金萍间存在着很大的矛盾。逢年过节或有客人来家里，少喝点酒，金萍并不反对，但是她接受不了阿福的烟酒行为。阿福在外面与那些狐朋狗友在一起，酒喝得烂醉，回到家里还要再抽上一阵子香烟，弄得满屋子是烟臭、酒臭，到处是烟灰和烟头。金萍是个要强爱干净的人，她看不惯阿福邋里邋遢的生活习惯。阿福抽烟，金萍就赶他到屋外去，阿福在外面喝酒回来，她就会吵得他不得安宁。金萍要求阿福戒烟戒酒，遭到了他的反对，他认为金萍限制了他的人身自由，阿福说："就像是看管劳改犯似的。"为了烟酒的事他们争吵得伤了感情，至今提起戒烟戒酒他还耿耿于怀。

阿福指着凳子向金萍说："你坐！"

阿福向金萍说他不愿意住在这里，他想回家。金萍来看阿福是有思想准备的，对于阿福的要求，金萍当机立断地坚决回绝，她冷冷地说："你要回家！哪里是你的家？"

金萍的一句反问，问得阿福哑口无言。方才还把金萍当作亲人的阿福，现在他一句话都说不上来了。金萍见阿福不再理她，觉得无聊，她站起来说道："我过来看你，也没带啥，我给你放下一百块钱，你想买啥就买点啥，等以后我有空再来看你。"金萍说完就走了。

金萍来过以后，反而使阿福感到很失望，简直就是绝望。

文慧接到养老院打来的电话，说是阿福发烧，让她过去看看。在门外她遇见牛嫂，牛嫂向她摆摆手叫她过去。牛嫂告诉她："昨天有一个妇女来看阿福，那个女人走了以后，吴师傅的脾气就一直不大好，今天人发烧不想吃东西。"

文慧说："我知道了，谢谢你，我进去看看。"

文慧进到卧室里，医生刚给阿福挂好吊针，她向文慧介绍阿福目前的病情说："吴师傅现在的肺音不大好，气管有点炎症。我给他开了三天的消炎针，挂三天就会好了。以后他吃东西的时候一定要注意，不要流入气管里。"医生交代完就走了。

文慧走到阿福的床边，看看吊瓶里的药，又用手摸了摸阿福的头，是有点热度。阿福觉得有人摸他的头，他睁开眼睛看了一下文慧，叫了一声："姐！"就算是和文慧打招呼了，接着他就又把眼睛闭上了。

文慧拉过一把凳子，坐在了阿福的床前，悄声地问道："金萍来过了？"

阿福听了文慧的问话没有马上回答，他对文慧的问话感到吃惊，他心里纳闷，文慧怎么会猜到金萍来过？他的思绪被另一种信号给打乱了，停了好一段时间他才应了一声："嗯!"

阿福回话虽然简单，但依然印证了文慧的揣测，文慧看阿福不高兴的样子，估计两个人见面以后发生了什么不愉快的事情。她接着问道："她来了，没说些啥?"

"没说啥。"阿福依然淡淡地回答，他现在的心思很乱，他想回家，金萍不让他回家，这事和姐姐讲了也没用。姐姐不停地追问，使他不知道咋样回答才好，他感到心里很烦。他停顿了一段时间后，才补充了一句："她临走时，留下一百块钱。"

文慧听阿福这样讲，觉得不会有什么大事。文慧说："好哇! 你看，金萍来看你，还给你留下钱花，你应该高兴啊! 怎么看你像是不高兴的样子?"

阿福不高兴地说："她不让我回家。"

直到这时，文慧才明白了阿福不高兴的原因，文慧说："你想回家啊? 现在你和她离婚了，和以前不一样了。你要回家，需要做做她的思想工作，她同意才行。这件事你不能急。"

文慧告诉阿福，这几天，大家都在给他办医药费的报销和他退休劳保的事。

阿福回来以后，孝义一直在为阿福跑他提前退休的事，说是市里有这样的规定：丧失了劳动能力的人，可以提前办理退休。这些日子，孝义已经把事情办得差不多快好了。

文慧的女儿宋明在为阿福办理医药费报销的事。她到了区医保服务中心后回来对文慧说："小舅的医药费，能报的部分只能按百分之六十报，还有很大一部分不能报。"

文慧觉得女儿的话不靠谱，哪有这么不讲理的事。她决定和女儿一起去医保服务中心问个究竟。区医保服务中心的服务大厅里，一条长柜台将房间格成两半。工作人员坐在里面，来访的群众站在外面。文慧和女儿隔着柜台与里面的人说话，问报销百分之六十医药费的事，里面的人说："这样的事，让我们管主任给你们解释吧。"

管主任是个三十多岁的文化人，中等身材，戴个眼镜，很文气。听说原来是哪个领导的秘书，到这里来是暂时做几天主任，现在是下来锻炼的。他请文慧母女二人进了他的办公室，他说话很简洁："什么事啊？"

文慧说话很啰唆，絮絮叨叨地说了有半小时，宋明心里急了，嫌妈妈说话太啰唆，讲了一大堆也讲不到点子上，管主任一点也不急，他耐心地听文慧诉说。文慧讲完了，他说："市里是有文件规定的：一、在自己的家里、父母的家里、子女的家里可以按百分之八十报销；二、在其他地方只能按百分之六十报销。"

文慧说："这样的规定不合理！"

管主任说："你说的情况很重要，也很有道理，可是我还得按照文件办，你说是不是？我没有办法按照你的要求办，我不能为了照顾你的情况犯错误，这一点希望你能理解。"

文慧说："理解。"

管主任坚持按文件办。

文慧没有坚持自己的主张，她要等着拿钱回去还债，文慧是为了还债放弃了自己的意见。阿福的这一场病花了许多钱。阿福平时没有一点积蓄，他看病花的钱都成了文慧的债务，她得想办法还债啊。

孝义到文慧家里来找文慧。孝义看到文慧这几个月来为了阿福的事，累得又黑又瘦，他关切地说："姑姑，你也不要太辛苦了。"

"没事！我是做过来的人了，不怕辛苦！"

孝义说："老叔退休的事办妥了。"

文慧听了孝义说阿福退休的事办好了，她很高兴，问孝义："事情办得还顺溜不？"

孝义答道："顺溜，钱也拿来了。"

文慧问："给了多少钱？"

孝义答道："真还算是不少，一千六！"

文慧一直锁紧的眉头这回可舒展开来了。她高兴地说："这回可好了，你老叔一直想要回家，这回有钱了，金萍就能够同意他回去了。"

孝义觉得金萍这个人，不是那么好说通的，他提醒文慧说："这件事你还是通过街道领导去和她谈才好。你自己去和她讲，不一定能成功。"

文慧说："那倒也是。"

金萍没有住在自己的家里，自从阿福出事以后，她就离开河阳市，去了渤海市她的儿子那边了。孝礼在渤海市西北角的郑家庄租了一间房。房子在郊区，房价便宜，上下班乘公交车，还算方便。

房东郑老汉的房子，一排三间正房朝南，都是住人的。东西两个厢房，东边的一间做厨房，西边的一间是仓库，原来是放些农具和当年收成的粮食。而如今庄户人庄稼地不种了，就堆放些生活杂物，原来的那些农具，郑老汉的儿子嫌碍事，趁郑老汉不在家的时候，偷偷地当废铁卖了。事后，气得郑老汉骂了儿子好几次，他说："你忘了本了，你当你是谁呀？有老子在，你就是个农民的儿子。你看你的本事大了，把当农民的家底都丢光了。"

郑老汉的儿子郑继先辩解道："现在做事要讲究点实效，这些农具不用，放在那里都锈成了粉末，回收上去还能支援国家建设嘛。把仓库空出来放些有用的东西，也是有效地利用资源嘛。"

郑老汉说："你放进去的那些东西就是有用的了？我知道你心里那点小九九。"同一件事，不同的人就有不同的看法：郑老汉保留着老思想、老传统、老习惯；郑继先却是面向现实、面向实际。两个人经常会在一些琐碎的小事上意见不一致。

一进郑老汉家的院门，左手有一棵老榆树，据郑老汉说，这棵老榆树是他爷爷的爷爷那个时候栽的，郑老汉今年八十多了，算起来这棵老榆树也有两百岁左右了。老榆树长得苍老而古怪，秋天树叶落光了，老榆树像一个满头须发的老人立在门旁守护着院落。村里的邻居说："快砍了吧，怪吓人的。"

郑奶奶说这棵老榆树通人气，闹饥荒那几年，老榆树帮助一家人过了难关，救了全家人的命。她说："那几年也真就怪了，满树长的榆树钱和榆树叶比什么时候都多，我们摘下来，拌上些面粉放在锅里蒸着吃。"

后来，郑家就把这棵老榆树当作神明一样崇拜，百般呵护它。现在每逢春季榆树钱出来的时候，全家人老老少少的总是要聚在一起，吃上一顿榆树钱蒸面。郑老汉总是要给全家做一番传统教育。然后，他就唱起那一首，老得不能再老的老歌："勤俭是咱们的传家宝，社会主义建设离不了……千日打柴不能一日烧……"老曲老调年年唱，儿孙们不教也都听会了。

小孙子说："爷爷今年唱得没有去年劲儿足。"

郑老汉说："爷爷老了，以后要靠你们了。"

郑奶奶说："都老掉牙的歌了，现在的年轻人谁还唱这样的歌。"

小孙子说："我唱！爷爷唱得好听。"

郑老汉唱这个歌有郑老汉的道理。他说过日子得算计着过，赚一个花两个，那样的日子还能过得好吗？不是要越过越穷了？赚两个花一个，日子才会越过越好。郑老汉说："咱们中国和美国不一样，美国那套东西，我看就有点瞎胡闹，欠账消费，他欠了你一大堆的账还不上，他跳楼自杀了，剩下的事你去处理吧，造成的损失怎么办？简直恐怖。"

郑继先说："俺爹说的话有道理。"

郑老汉最看不惯村子里的那个赖三，他说："也没看他干什么，就发了。他又买房子又买地，还弄了一辆什么车到处显摆。"

郑继先说："那叫宝马车！"

郑老汉："他那样的人，让他赶马车都算是抬举他了，他还能开上宝马车？"

郑奶奶说："你这是拿老眼光看人啦。可是我也弄不明白，他的那些钱是怎么弄来的呢。我常看到有人找上门来向他讨债。"

郑老汉说："那是个商业流氓！还能会是个什么好东西啦？我看他是坑蒙拐骗样样都来。"郑老汉是老脑筋，他总是觉得暴发户的钱来路不明，他怀疑暴发户不是奸商，就是干了为富不仁的勾当，都是些伤害天良的坏人。

郑老汉的儿女大了，成家以后都搬到城里去住了。儿女们来接他们老两口也去住，他们不肯，孩子们看他们俩年纪大了不放心。郑继先想了一个办法跟郑老汉两口子商量："爹，娘！你看，接你们到城里住，你们不肯去。你们年纪大了，单独住在这里我们也不放心。我想这样，空着的房子找个可靠的住户，出租给他。一方面可以帮助人家解决住房困难；另一方面，有人和你们住在一起，也可以相互照应一把。"

郑老汉说："儿啊，你这个办法倒是个好办法。房子空着也是空着，拿出来帮帮别人，也算是做点好事嘛。"郑老汉心善，喜欢为别人做些好事。

孝礼租住在郑老汉家西边的一间房子里。来了以后，他和房东相处得还不错。郑老汉一家对孝礼也很好。郑奶奶说："小吴人家到底是个大学生，有教养。"

金萍住过来以后，郑家人看到她们母慈子孝，其乐融融地生活，到处去夸他们的好处。

阿福的情况，街道马主任那里也知道一些。文慧去了把事情一说，马主任马上拿起话机，打通了金萍的电话，马主任对金萍说："有一件事情要与你商量一下。"

金萍听出来是街道马主任的声音，也就和气地回道："主任，看你说的，还商量啥，有啥事你就讲呗。"

马主任说："是关于阿福的事，让你大姑姐直接跟你说吧。"主任将话机递给了文慧。

文慧接过话机与金萍说："金萍啊，是这样……"文慧把办理阿福退休的情况向金萍做了介绍，文慧接着说："阿福现在的身体情况正在好转，医药费全都报销完了。阿福最近一直提想看看儿子，想回家住。所以这件事要同你商量，如果你同意呢，他的养老金、医保全都移交给你。他住在养老院花费也很大，他现在还需要继续康复，回家住对他康复更加有利。"

金萍听了文慧讲的情况，心里做了一番盘算：阿福是个病人，烟酒都不能吃了，也就吃个饭，一个月两三百元差不多就够了，衣服可以穿儿子换下来不穿的，衣服就不用买了，医药费可以报销，他一个月一千六的养老金，实际上花不了多少，剩下来的都是自己的了，应该说这件事对自己是很有利的，可以考虑吧。金萍聪明，她不直接答复文慧，她说："按理说我和他离婚了，这件事应该对孝礼说，阿福是他的爸爸，他总不能看着不管吧？要不我跟他说说，看看他是什么意见。"

文慧知道金萍心眼多，这时听了她说的情况，还不知道她心里都在琢磨着什么鬼主意呢。文慧从她的口音里听出金萍并没有完全回绝。或许，她是有意地拖一拖，故意给人摆架子看，让你感觉这事不好办。其实文慧知道她这个人的品行，她这是"得了便宜还卖乖"，她是不会轻易放手不要的。文慧也不急，慢悠悠地问道："那什么时候给回音呐？"

文慧不急不躁的说话语气，倒使金萍担心文慧这边有变，她赶紧回道："那这样吧，我打个电话问问孝礼的意见，过半个小时咱们再通电话。"

其实，孝礼当时就坐在她身边。她们两个人的通话，孝礼在旁边全都听到了，他没有吱声。孝礼一直以来就反对他们离婚，他们的离婚给他丢了脸，让他在熟人面前抬不起头。爸爸如果能够回来住，多少也能给他挽回点面子，他向金萍点点头，同意让阿福回来住。

马主任在一旁，看文慧等回话等得无聊，故意找些话来与文慧闲聊，马主任说："你不用着急，我敢打赌，她肯定会同意。她不同意，她是傻了吗？"

还不到半个小时，金萍就打来电话说："等孝礼请下假来，就回来接阿福回家。"文慧听了很高兴。

文慧回到阿福那里，把最近几天的几件好事，一件一件地告诉给阿福，阿福听了着实高兴了一把。

他自从听了文慧说，儿子要来接他回家，他就天天盼着儿子能早日回来接他。阿福感到心情愉快，精神也好了。这一高兴，又产生了副作用，血压升高了。这一点，谁也没有注意到，也没有考虑到意外的事情就这样发生了。他一时高兴，造成了脑血管再一次的爆裂。瞬间他就停止了呼吸，真是乐极生悲呀！

当文慧接到电话，赶到养老院时，阿福已经离开了人世。他是在对家和家人的思念和快乐的期待中离开了人世，告别了人间。

悲喜一场戏，生离死别。家务事，理难评；好也一生，不好也一生；留下松柏听风声，岁月匆匆。

三十九　尾　声

孝礼接到他的姑姑文慧给他的电话，马上将事情告诉了金萍。金萍说："这事要紧，你赶紧去向领导请假，回河阳去，处理你爸爸的后事吧。"

孝礼问："妈，你去不？"

金萍说："我不想去。"

孝礼去河阳以后，金萍一直对儿子放心不下，对儿子的担心使她晚上睡不好觉，白天就显得疲倦，精神恍惚。这天早上，天气又不大好，阴呼呼的天空，好像是要下雪，时不时地却又刮过一阵小风。她起床以后，洗了把脸，想去菜场买块豆腐。她提了个菜篮子，推门走了出来。恰在这时，一股旋风从院门外刮进院里，卷起一阵沙土，将老榆树遮挡在了旋风的后面。金萍昏头昏脑地看到似乎有个人站在旋风里，那个人像是阿福，带着旋风向她扑来，吓得她大叫一声昏倒在了门前。郑老汉坐在屋里，听到有人呼叫，不知是什么事，他推开门，探头向门外看去，看到金萍倒在她的屋门前，他嘴里一边问着："这是怎么了？"一边赶紧走过来拉她，一个八十多岁的人了，哪里还有那么大的力气去拉人，他拉了拉，拉不动，又赶紧回屋里跟老伴说："快！打电话叫120，小吴他妈妈昏倒在门外了。"

金萍被送到医院，醒来时的第一句话，是不让人将她昏倒的事告诉给她的儿子。郑老汉看到她现在已是这个样子了，还顾着她的儿子，感动得流下了泪水。郑老汉从医院回到家里，与他的老伴讲金萍在医院里的事。他没有料到郑奶奶的反应却很平淡，她好像认为，这是理所当然的事。她说："那当然了，她是他的娘嘛。"

郑老汉的心情还是平静不下来，他说："听人家说，在杭州发生过这么一件事：有一只大白猫妈妈，它的孩子是小黑猫，钻到一个什么亭子的下面玩耍，出不来了。小黑猫在里面'喵喵'地呼唤它的妈妈来救它。猫妈妈想不出办法来救它的孩子，急得它在外面转悠了三天三夜，不吃、不喝、不睡，不离、不弃，不停地叫着它的小黑猫，它是担心小黑猫被困死在里面，呼唤小黑猫自己想办法出来。大白猫的行为感动了附近的居民，最后有好心人想办法帮助大白猫救出了它的孩子。"

郑奶奶听完了郑老汉讲的故事，她也被大白猫救子的行为而感动了，但是她的评价却依然很平淡，似乎是件很平常的事一般。她说："做妈的都会是这样，常言道，'母爱子，爱到死'嘛。"

郑老汉不解地凝神注视着自己的老伴，他这时突然感到几十年来，老伴生儿育女的日子，过得不容易啊！他倒了一杯水，端到老伴面前，想以水为礼，敬老伴一杯，他没有长篇累牍的赞美话语，他走到她的身旁，实实在在地说了两个字："喝水！"

郑奶奶看了看他手中的水杯，又看了看他的脸，然后向她身边的桌子努了努嘴，说："放这儿吧，现在还不想喝。"郑奶奶完全没有注意到郑老汉今天与往日的不同。

金萍躺在医院里，等待医生的检验结果，她不想让儿子知道她的情况，是怕儿子为了她着急上火。儿子是她生活的中心，她不能没有儿子。她为了儿子，从来都不在乎别人对她的种种误解，只要是为了儿子好，她可以牺牲一切。

孝礼接到郑老汉的电话，知道妈妈病了，正住在医院里。他心急如焚，简单处理完阿福的丧事，就赶紧离开河阳返回了渤海市。

这几天总是下雨，公司里积压了不少的货物发不出去，秦志富的心里有些郁闷，开着车上街买点东西，想回家去看看自己的两位老人。秦大公老夫妻俩坐在屋里闲聊，见儿子来了都很高兴。秦大公问道："怎么有空来了，公司里不忙啊？"

秦志富进屋后，先跟两位老人打了招呼。然后坐下来，才慢慢地说起单位里事情："公司现在接到的业务单倒是不少，为了赶任务，有好几个星期天没休息了。这两天不是在下雨吗，没法发货，东西都积压在厂里。"

秦大公问秦志富："现在公司里都做些什么产品？"

秦志富说："最近公司里接了一笔业务，是给'桃花源'别墅区制作车库门。是电子遥控的，挺先进。"

秦大公听儿子介绍别墅的车库门。他向儿子看了一眼，又转过脸来对着老伴说："你看看，现在国家发展得多快啊！才几年时间，棚屋换成了楼房，普通楼房换成了高档的楼房，现在又住上别墅了。这些事情，要是放在以前，连想都不敢想。"

秦志富听爸爸说到这个份上，他接过来说："爹，娘！我想也给你们弄一套别墅。"

"我们才不稀罕呢！你把我们老两口弄到农村去，种田没地，念经没佛，去干啥去？我们在这儿有些老邻居，还能有人说个话唠个嗑，到了那个穷地方，和蹲禁闭差不多，去干啥？我们不要你那玩意儿。"

秦大公年纪大了，住在老地方习惯了。换个新地方，环境要重新熟悉，邻里还要重新相处。居家过日子，能够处个好邻居，也不是件容易的事。他嫌麻烦事太多，不愿意挪地方。

秦师母取出茶杯，向里边放些茶叶，冲了杯茶水给儿子端过来。她刚才听到他们父子俩在说房子的事，她心疼儿子，怕儿子累着，她说："志富啊，我看你就别张罗了，我们在这儿住得挺好。"

秦志富见妈妈端过来一杯茶，他忙伸手接过来说："娘！我不渴。"

他把接过来的茶杯放在身边的桌上，接着说："我是想这样，这边的房子不动，再买一套别墅给你们住。你们愿意住在哪边，就住在哪边。别墅区环境好，适合养老。"

"咱们先不说那些。"秦大公向儿子的方向挪了挪椅子，用压低了的声音和秦志富说，"听说没有，阿福死了？"

秦志富有些伤感地回答："是的，出殡那天，我和尤钢都去了。"

秦大公颇为难过地说："这人呐，也真是经不住活。多好的一个人啊！那孩子不错，我看他那个人挺好，怎么说死就死了呢？"

秦志富说："阿福这个人，挺够哥们的。人也聪明，就是懒了一点，要是勤快些，可能会比我们还干得好呢。"

听了儿子这么说，引起了秦大公的警觉，他担心儿子做事莽撞，会出差错。他对儿子说："干工作可得要动脑筋，不能蛮干，要跟着国家的政策走。"

秦大公觉得"幸福门业"是在他的主持下，自觉或不自觉地跟着国家政策走，才有了今天这样的规模。他现在老了，管不了那么多了。虽然他把"幸福门业"交给了儿子，但是他的心却始终没有离开过它，他希望看到"幸福门业"在儿子的手里能够越办越好。

秦师母听老头子说的几句话，感觉话不中听。她怕他们父子俩说来说去闹口角，也就插进话来搅和一下他们的谈话，她说："你们看看这个天气，都是什么时候了？大冬天的不下雪，还下雨，真烦人！"

北方的冷空气已经影响到江南。厚厚的云层，正期待着下雪，或许是下雨。光线柔和的天空，显得格外宁静。余之水立在窗前，眼睛望着窗外国道线上来往飞快穿梭的车辆。在远处还有一块工地，塔吊正在紧张地施工，据说是在建一个什么交易中心。

余之水看到身边的变化实在太快，每天大量的新信息塞进脑里，让他感到头脑发胀，干不完的工作搅得他心烦。他离开窗口，走到日历牌前，伸手撕下昨天的一张。他看到今天是 2008 年 12 月×日。他转过身，隔着窗子，向北方远远地望去，那边是他的家乡。他看着窗外的天空，心里想到河阳可能正在下着大雪。

在东北大平原上，寒风呼啸，雪花飘飘。

孙业增

2010 年 1 月 13 日